文經社

文經社

文經社

文經社

文經文庫 199

向生命撒撒嬌

陸瑩華著

COSMAX
PUBLISHING Co.
Since 1981

文經社徽記

播種者
流淚播種的
必歡呼收割

推薦序1

我的高中同學

高雄師範大學成人教育研究所所長　余嬪

我訝異瑩華旺盛的生命力，她總是盡力以最好的一面示人，她居然在對抗癌症其間完成了一本書。

「這書裡有你哦！」

「這書暢不暢銷就看妳和麗蓉了！」

我親愛的高中同學，我多麼樂意與驕傲地要向大家介紹妳與這本書，鼓勵與讚美同樣面對生命的衝擊，軟弱害怕、焦慮恐懼卻終能有堅定信仰與生命熱愛的人。

瑩華在得知癌症到六次化療結束間，成就了一本老少咸宜，婦女尤佳的「勵志書」。拿到這本書，職業的習慣，先內容分析一番，包括的主題有婚姻與兩性、工作與學習、生涯規劃、親情與友情、師生情與教育愛、疾病與健康等，而每一篇文章皆以彰顯生活價值與生命意義為其特色。

本書共有八十四篇短文，總是由每日生活切身的點點滴滴開頭，然後是趣味小故事、發人深省的聯想與短得恰到好處的「警世妙語」為終結。

瑩華的文筆流暢，其中許多短文是長久以來對生活的深刻思考，並非只是病中感言，它處處感人，但絕不刻意煽情騙人熱淚。

邀我作序，當然不是因為我的分析本領，主要她是我的高中同學，多年後成了我研究所指導的學生，我們再續的緣份。

音樂教室前濃密的橄欖、淡淡清香的蓮霧樹與震耳欲聾的蟬鳴編織的炙熱夏天，白衣黑裙短髮齊耳、青澀懵懂、虛度青春卻又純真自信、熱情強韌的女校歲月，我的高中回憶常停格在簡單的幾個畫面。

高一的音樂比賽，瑩華是指揮，音樂老師在選指揮時很特別，他先試音分部，總是有一個怪音，是瑩華，她因此當了指揮。我們還得了名次，可見老師的確慧眼獨具。這其實是我對瑩華唯一的記憶。後來高二我們就分到不同班別，直到三十年後她考入高師大成人教育研究所，我們沒有任何聯繫。

後來的師生關係有些尷尬，她總是稱呼我「余老師」，讓我由不習慣到習慣，而我從未把她當學生，她一直都是我的朋友，我的高中同學，只是當時我不曾真正認識過她，她也不曾真正記得我。機緣巧合安排我們再相遇，在重新尋找生命意義的第二青春期重逢。

無知魯鈍與不知所措、混沌過日，讓時間解決一切，是我經常處理挫折困難的方法。近一年來，我始終斷斷續續在忙碌的日子中惦記著她，六月才剛辛苦的完成論文，八月就面對癌症的威脅，而木訥與笨拙的我，從來就不知道如何安慰真正陷入苦難的人。感謝瑩華以書寫與我分享她這一年來的心情。

瑩華寫作速度很快，我知道她更多的文字被丟到了垃圾桶或「刪除」。愛爾蘭桂冠詩人、評論家、與教育學者Cecil. Day Lewis說：「寫作並非為了被瞭解，而是我們自己想瞭解。」瑩華用寫作治療法，來引渡了她自己。

推薦序2

我的朋友瑩華

聖功女中校長　鄭麗蓉

瑩華與我是研究所同學。

我們唸的是成人教育。我倆都是「雜食動物」——是指閱讀的範圍而言。她大學讀的是中文，難免就是文采風流，言語暢達，加上有一點「文藝少婦」的浪漫逸致。她是純善的基督教徒，又是輔導老師，所以，聽她講話是悅耳動聽，溫暖熨潤。我是學法律的，氣質沒能如瑩華般俊逸，較重邏輯和批判，偏偏我倆第一堂課就坐在一起。她落落大方，自我介紹。因為她聲音好聽，態度謙和，凡事體貼，照顧別人，我就喜歡同她一起作息了。後來，我才發現她很擅長「潛能開發」，我在她薰陶之下，也有點溫文儒雅，慈眉善目，覺得天地多情了起來。

有一天下午，老師調課，意外多出了幾小時。我拉她一起去學校附近的百貨公司樓上喝咖啡，買衣服，兩個人從下午到夜暮低垂，一直聊聊，聊不息，她分享和傾聽的功夫很好，見什麼都好，都欣賞，也能包容，能接納，我想她的先生國源和愛女蓉蓉一定很幸福。

瑩華是個不怕老卻怕落伍，怕原地不動的人，常常卯起來上網、看報、看雜誌、電視；說是了解社會動態，準備提供學生對話的題材。我則比較喜歡看史、哲方面的書，看的電影都是冗長傷神。彼此交換心得的時候，瑩華會欽佩我有學問，我則讚嘆她能為專業上窮碧落下黃泉。所以，倆人互補，更加圓滿，而我偶看書覺得無聊時，就看瑩華介紹的節目研究一番。

瑩華有驚人的筆記功力，老師的口述，隨想的靈感，朋友的對話，稍不注意，她都已瀟灑迅捷的筆記紀錄在她的隨身札記中。我講了許多無意義的話，有時赫然發現一字不漏出現在她筆記中。她的文思敏捷，書法豪逸，再加上她是對生命很熱情的人，所觀察的人、事、物也有許多觸發的靈感。如此一來，她創作的題材就很豐富。因為她交友廣闊，熱情好客。畢了業的孩子、同事、同學、教會的兄弟姊妹、親朋好友，都喜歡找她諮商，找她傾訴。我認為，其實她為政府，為社會作了很多社會服務的工作。解決不少社會問題。

我心疼瑩華生病了，只是沒想到病後還可以出書，她的生命力由此可見。我衷心期待新書問世，分享她的經驗給更多的朋友，她是個善良美好的女子，溫厚多情，堅韌豁達，必能以灑脫開朗的心，經歷著人生每一場關卡。

我希望把這些美好引薦給大家，也祝她平安健康過開心的人生。

自序

無數的感謝

這本書的誕生是一個傳奇、一個意外，以及無數的感謝！

我的一篇文章刊登在中鋼半月刊，轉載於講義雜誌，收錄於九二一震後的一本心理輔導小冊，就這樣的與文經社結緣。原本他們希望我將輔導學生的心得輯結成冊，沒想到癌症找上了我，原來的計劃擱淺，卻成了這本「向生命撒撒嬌」。感謝在這樣轉折中，所有不曾見過面的編輯朋友。

這次的癌症來得兇猛，心理上完全沒有準備。但是許多朋友的鼓勵與支持，不同信仰的朋友為我用不同的方式祈求，我心存感恩，也許受限於篇幅，許多名字並沒有在書裡出現，但是請相信我，您們全在我心裡，感謝在這苦難的歲月裡，所有用言語行動以及禱告陪伴我的家人親友們！

希拉蕊演講時，曾引用印度一所女中時看到女學生所寫的一首詩：「太多女人，在太多的國家，講一種共同的語言：沉默」。不過，她也略作修正：「太多女人，在太多的國家，我只想忘記我祖母沉默的悲哀」。

因此，我選擇不沉默，這是我願意把這段路程心情攤在陽光下的原因，感謝在我人生路程上所有的貴人！

容許我將一首小詩放在這裡，當作與朋友您的一個承諾，一個邀約吧！

假如有一天你想哭
打電話給我
我不能保證能使你笑
但是我能陪著你一起哭

假如有一天你不想再聽到任何人說的話
打電話給我
我保證會在你身邊
並且保持沉默

假如有一天你想逃跑
別怕打電話給我
我不能叫你停留在這
但我能陪你一起跑

但是如果有一天你打電話給我
而我卻沒有接聽
請快來見我
因為我可能需要你

目次

Part 2 荊棘裡的百合花

Part 3

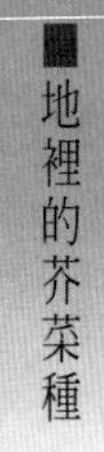

Part 1 地裡的芥菜種

一粒芥菜種，種在地裡的時候，雖比地上的百種都小，
但種上以後，就長起來，比各樣的菜都大，
又長出大枝來，甚至天上的飛鳥可以宿在它的蔭下。

生命重新來過

【91。08。09】

認識我的人都能夠感受我的熱情，可是我長久以來，我一直就認定我是孤獨的、寂寞的，沒有人了解我的。

沒想到遇到國中好友美德，謝謝她廿年以來從不間斷的生日禮物，她說：「你知道嗎？從前我只能遠遠的看著你，妳身邊總圍著很多的人，我只能羨慕妳好多朋友！」

我覺得孤單寂寞，她覺得我豐富多彩！
我覺得我悲觀憂鬱，她卻覺得我樂觀熱情！
我覺得我缺乏朋友，她卻覺得我人緣頗佳！
是嗎？兩個人的記憶怎麼差這麼遠？

有兩位武士，不約而同看到在樹下的盾牌。
第一位武士說：「好美的金色的盾牌！」
第二位武士立刻反駁說：「好美的銀色的盾牌！」
「是金盾牌。」

「是銀盾牌。」

兩個人為此爭吵不休，氣得兩人拔出劍來一決勝負。

兩人整整廝殺了幾天都分不出勝負。當兩人累得坐在地上喘息時，才發現盾牌的正面是金色，反面是銀色！

原來這是一個雙面盾牌！

原來，我既是孤單寂寞，也是豐富多彩；我既是悲觀憂鬱，也是樂觀熱情。我是我，我也不是我。

所以我想我不必去追究自己究竟是悲觀憂鬱或樂觀熱情；究竟是孤單寂寞或是豐富多彩，因為那可能讓自己陷入一種「不能飛」的地步，那豈不就是受限在自己所設的框框裡嗎？所以我盡情享受每一天的陽光，讓每一天、每一次經驗都是重新來過的生命。從今天起，也許我還是我，也許我真的不再是我，但是我相信因著對生命的愛與期待，我將會更好！

兩個人同時向窗外看，一個人看到污泥，一個人看到星星。《蘭布里治》

破繭而出

【91．08．13】

今天應邀到潮州就業服務站，跟一些待業的朋友們談失業的調適與再出發，我以「破繭而出」為題，衷心希望每一位朋友都能從這樣不愉快的經驗學習新的智慧，有能力面對新的挑戰，這對我是一份挑戰，因為待業的心情是沮喪的、是難過的，如何讓今天與會的朋友，有更具體的幫助及心靈的支持是我的目的。

有篇名叫「換來的十字架」文章，描寫一位基督徒姊妹，一直以爲她的十字架好重，生活比他人疲憊，十分渴望與別人交換，她因此不斷向神祈求，希望有機會能夠改變生活。

一天她夢到她在有著許多形狀不同、大小不同、材質不同十字架的一個地方。神讓她自由選擇，她選擇一個最小、形狀最美，上面鑲著黃金鑽石。不料，她竟然連拿起來的力量都沒有。後來，她又看上了一個木雕十字架，上面攀著美麗的鮮花，美麗極了。可是，鮮花下面的刺，卻刺痛了她。

結果，她一個一個的十字架試著試著，卻發現沒有一個是她背得動的。正在她覺得沮喪的時候，看見一個樸素的十字架，上面只刻有幾句安慰話語，她拿起來試試，發現十分適合自己。

在陽光照射下，她突然看到有一行字，刻的正是自己的名字。

原來，她的十字架竟然是其中最輕最適合自己的。

大學畢業之後，我曾經在不同的職場工作，擔任過廣告文宣、先後在電子公司、汽車公司、雜誌社等服務，也曾經有過待業的日子，現在打開當時的日記會有一種不堪回首的心情，當時的字眼也不免憤世忌俗，而當時的遭遇、當初的無助，豐富的求職經驗，原來就是為了今天的工作。

到KTV時我常常會點一首「家家有本難念的經」，這首歌其實說明了有錢沒錢都有著自己的苦惱。我們都有自己的十字架要背，很難比較誰比誰重的。「失意時需要忍，得意時需要淡。」生命中的挫折與打擊，都有它的意義，只是我們究竟能夠體會多少？學習多少？如果我們先自我放棄，被自己打敗，再多的後援都徒勞無功了。

假如你不能做你希望做的事，你應該希望做你能夠做的事。

規劃永遠趕不上變化

【91。08。14】

上生涯規劃課的第一節課，我一定講三句話，第一句話是「生涯是不能規劃的」，第二句話是「規劃永遠趕不上變化」，往往講到這裡時，學生總會說：「那麼生涯規劃就沒有用囉！」但是我會加上這第三句：「生涯規劃是讓我們自己準備好，當機會來臨時，我們有智慧去把握」。

這幾年，社會變化極大，就我個人的生活來說，這兩年也有許多意外改變。而一直以為自己會在中鋼退休的外子，外放到子公司擔任副總，轉換跑道重新開始；在為他舉辦的歡送會上，他的同事明示或暗示我，他這一轉行，我們將從此沒有像從前那般朝九晚五的好日子了。

的確，大樹底下好乘涼！轉換跑道之後，從此，我們晚餐時間改成了八點。不過，雖然這不在我們的規劃之中，我們卻都沒有後悔，因為我們了解人到中年，生命中任何改變都牽連太大。一路走來，檢視過往，產生的心理困擾，稍一不謹慎，只會讓自己更難過，更容易對生命進行反省與重估，所以，我們謹慎考慮，一旦接受改變後，我們盡量不讓自己後悔遺憾。

美國福特汽車廠開始推行以「機器取代人工」「全面自動化生產」的計畫時，員工們都憂心忡忡，因為他們都已中年，原本想要靠這工作終老，可是據他們也瞭解，他們即將面對的是裁員，因為機械將取代他們的工作了。

有一位名叫比爾的裝配員，他決定靠自己的力量來扭轉這個局面。他開始利用晚上到外面學校去選修一些有關電腦方面的課程。一年之後，果然裁員令下，共有一百餘人被炒魷魚，這其中不令人意外地，當然包括比爾在內。這時，比爾主動地去找他的主管談：

「主任，雖然機器取代人工以後，會大大地提高我們的生產效能，但是，不可否認的，機器也需要人來管理，我對我們這廠的生產線都十分熟悉，而且我也懂得電腦管理，您認為我應更適合留下來吧？」

主管敬佩他的學習與能力，不僅重新發佈人事命令，取消了比爾的裁員，反而將他升官加薪。

面對社會、工作型態急速的改變，加強自己生存適應的能力，恐怕是現代人必修的功課。

職場要訣：人弱，我強；人強，我精；人精，我轉。《瑾華大姊》

我的故人略歷怎麼寫？

【91。08。17】

一早，好友來電求援，他好朋友之妻，突然過世，因為出殯好日子找得緊急，告別式的準備也很緊湊，希望我能夠幫忙寫寫故人略歷。我趕忙撥空到喪家，詢問女主人的情形，以便下筆。

途中，幾個心情浮現，首先「歲月催人老」，這「催」字好像變成了動詞，真的迅速向我們擊來；其次，想到人到中年，也許與老友相聚的場合有許多是在告別式上的，最後浮上心頭的是唐詩「訪友半為鬼」，這句話有人以為是唐詩中最悲哀的一句，也是逐漸凋零的寫照，自己竟然不知不覺開始為人寫起了故人略歷。曾經與好友婉珠相約，寫對方的故人略歷，當我離去的時候到了時，不知她會以怎樣的心情、怎樣的事情、怎麼寫我？改天要先問問她！

上生涯規劃課程時，我常常讓學生試著寫自己的墓誌銘，但是怕有些學生有禁忌，我會順便請他們為我寫上一篇。目的是希望他們藉此來審視自己希望將來成為什麼樣子，我也可以看看他們怎麼看我的。記憶最深的是有一位學生寫到：

「這裡躺著一位喜歡出怪怪作業讓我們去思考的老師！」

尼克是一位做事很負責盡職的人，有天同事家中有事急急忙忙的走了。不巧的是，尼克爲了取個東西而不小心被關在一個待修的冰櫃裡。他在冰櫃拚命敲打著喊著，因爲全公司的人都走了，根本沒有人聽得到。他的手掌敲得紅腫，喉嚨叫得沙啞，最後只得頹然的坐在地上喘息。他愈想愈害怕，心想以冰櫃的溫度如果再不出去，一定會被凍死。他就以發抖的手，寫下遺書。

第二天早上，同事赫然發現尼克已沒有生命跡象。但是大家都很驚訝，因爲冰櫃的冷凍開關並沒有啓動，也有足夠的氧氣，更令人納悶的是，冰櫃的溫度一直是十六度，但尼克竟然給「凍」死了！他並非死於冰櫃的溫度，他是死於心中的冰點。

什麼是「怕」？怕就是「心」理空「白」；什麼是「福」？福就是一口田，人人衣食無缺，心中有神(示)有信仰，再加上一口氣，就是福氣了。聖經上說，不必為明天憂慮，一天的憂慮一天擔當就可以了，明天自有明天的憂慮。我也常說什麼是永恆？霎那即永恆，所以現在就是永恆，無論我的故人略歷怎麼寫，起碼現在我是愉悅的。

怕死比死更可怕。《西那斯》

新鴛鴦蝴蝶夢

【91。08。19】

一位男子到圖書館借書，他問圖書館的女職員：「請問『幸福的婚姻生活』這本書放在那裡？」

「是幻想小說，到右邊第三排櫃子去找。」

「那麼『夫妻的相處之道』這本書又放在那裡？」

「是武俠小說，到左邊第一排櫃子找吧！」

彰化教會特別請我為他們即將步入禮堂的幾對新婚夫婦做一次的新婚輔導，讓他們有機會將心理的疑惑講出來，也讓他們了解建立新家庭的喜悅與難處。我答應了他們，因為我也希望藉此重溫過去的甜蜜啊！果然看到他們進門時的甜甜蜜蜜，為他們高興，衷心希望他們的新家庭充滿信望愛，在受到波折、打擊、與傷害時，都能挺身接受，彼此關懷相互協助，眷屬都是有情人。婚，可不是結了就沒事呢！婚姻可也沒有保固期，期許因為他們的婚姻而讓更多人幸福。

有一位老人家，大家都讚譽他是有智慧的人，因爲任何問題都難不到他。偏偏就有一個可愛的年輕人不相信，於是他帶來了一隻小鳥，想以一個非常簡單的問題來請教這位老人家。他說：「老先生，我想請問您，我手上的小鳥是生是死？」這位年輕人心中盤算著，如果老先生說生，他就要把這隻小鳥捏死，如果老先生說死，他就要把這隻小鳥放生。老先生注視著年輕人，以他慈祥的聲音說：「孩子，你要它如何，它就如何。」

婚姻不也如此？婚姻是生是死？我們得有智慧去面對這許許多的的姻親、子女、經濟、個性……

每一次做團體輔導時，總是有不少的人對愛情的永恆充滿了憧憬，提出不少問題。嚴格說來，我不相信愛情的永恆！除非把剎那當永恆！是啊！今天的你，已與昨天不同，為什麼今天妳的愛情會與昨天的愛情相同呢？也許今天更濃，也許今天更淡，為什麼會是不變呢？」自其「變」者而觀之，天下萬物豈不都在變？或者，不變的只是「變」這個字了，畢竟愛一時很容易，愛一生一世卻不容易的啊！相愛容易相處難，只可惜有人跨得過，有人卻是摔掉了靈魂。

家是世界上唯一隱藏人類缺點與失敗，同時也是蘊藏著甜蜜與愛的地方。《蕭伯納》

你是不是天使？

【91。08。20】

今天奉派到彰化啟智學校開會，走在這麼美的校園裡，我想起我常跟學生講的一句話：「要扶一個老人家過街，要幫一位小朋友擤鼻涕，都不是一件難事，但是，要長期照顧一位老人家或者小朋友，那才眞是不容易」。

影響我的人很多，其中一位是我搬到屏東認識的朋友秋霞，那時身體不太好，經人介紹，請她到家中幫忙打掃工作。每天看到這位朋友總是笑臉迎人，言談之中諸多鼓勵與喜悅，與她相處如沐春風，不僅如此，她工作的謹慎與用心更讓我們放心，只見她對生命的熱愛與對生活的認真。後來更熟悉了，才知道她的長女，從出生就被診斷為腦性麻痺兒，直到我落筆的現在已經廿四歲了，她悉心呵護著，即使這女兒不曾開口叫她一聲媽，她對女兒的照顧卻不曾絲毫減少。

早些時候，母親節時，會與同學分享一個偉大母愛的寓言故事：

寡母辛辛苦苦拉拔大的兒子，終於交了一個女朋友，母親非常的高興。但是女孩卻是畏懼與寡母相處。所以就要求男孩要離開母親，並且對男孩說：「假如你夠拿著你媽媽的心來見面，我一定立刻嫁給你，否則請不要來找我。」初嘗戀愛滋味的大男孩，怎麼能夠忍受失戀的煎熬，相思的侵襲？在輾轉反側數日之後，終於決定帶著媽媽的心去與女朋友廝守終生。因爲他實在無法忍受與女朋友相隔兩地。夜裡，他躡手躡腳到母親的房間，狠狠地殺了媽媽。握著母親暖暖的、血淋淋的心，他害怕極了。三步併作兩步，不小心跌了一跤。沒想到，跌落在地上的心居然開口說了話：「孩子，你跌疼了嗎？」男孩痛哭失聲，一切都挽回不了了。

每次講完這個故事之後，我自己都為之感動。但是當我在輔導室工作越久，為學生們擦拭的淚水越多，與學生們共同面對家庭的難處越多，「天下沒有不是的父母」或者「父母所作所為都是為我們好」的話我越講不出口。我已把重點放在孩子本身的生活適應與自我準備：「也許你從父母得到的只有傷害，那麼你更該準備自己，不要讓未來你的孩子受到傷害」；或者：「你無力改變你的父母，也無法參與你父母之間的愛恨情仇，你只有做好你自己的部份，並且準備自己」，祝福身邊的天使，也期許每個人都可以成為愛心天使。

慈母的心是兒女的天堂。《柯羅里》

愛上自己的想像？

【91．08．21】

因為參加啟智學校的會議，彰化離台中也近，就奉命再參加台中家商教育資訊訪視成果檢討會議。談到資訊，總難免想到最讓學生著迷的網咖。

前些日子有一位媽媽透過朋友的介紹與我見面，談的是含辛茹苦養大的孩子迷上了網路，瀕臨退學的邊緣，每一次無論是說理或說情，都是好話說盡，孩子一副無辜的樣子，或是以懺悔的口氣保證不再如此。可是一晃眼，人又不見了，如今更是擔心孩子會趁著母親睡著後，偷偷跑出去上網，可憐天下父母心！

近幾年來，輔導個案的內容，網路問題已逐漸增加中。但是很少是孩子來與我談他的網咖痴迷，通常都是憂心忡忡的父母前來詢問該如何做，才能挽回兒女的心？她們笑著說、哭著說、憤怒的說、但就是無能為力、無可奈何。當人在痴迷時，什麼都聽不進去的，君不見「痴」字本身就已經是認「知」上有病了嗎？

剛開始教書時，有一天中午第五節課，看到一位同學振筆疾書，絲毫沒有感覺我來到他的身邊。拿起他所寫的，徵求他同意，我念了前面兩行：

「現在是凌晨一點四十五分（當時是中午一點四十五分），我睡不著覺，看著窗外……」

全班大笑，我趁機講文字的奧妙，交筆友的危險以及自己的想像。

同樣的，網路為什麼如此迷人呢？因為它不只是以線上遊戲蠱惑了青少年。這種遊戲沒有劇情、沒有腳本，玩家們在遊戲中各自選擇一個想扮演的角色，遊戲怎麼發展，完全看玩家們所扮演的角色如何互動，這種遊戲的吸引力之大，影響力之強烈，是許多對於線上遊戲一無所知的父母所難以想像的，更提供了一個虛擬的情境，讓每一個上網的人都會愛上自己的迷情、愛上自己的想像；試想，許多大人不也都以另一種面貌出現在網路上嗎？

專家學者也明白指出：想要禁止青少年玩線上遊戲是不可能的，唯一的辦法就是讓家長負起輔導和協助的角色。網路可以提供全球資訊，卻也會讓人身陷其中無以自拔；在面對網路誘惑時是不是可以全身而退，正是檢驗著父母從前是如何培養孩子自制的能力的，卻也同樣檢視著我們大人對於網路的態度。

征服自己是需要更大的勇氣，其勝利也是所有勝利中最光榮的。《柏拉圖》

親愛的，為什麼我不懂妳？

【91。08。22】

晚上我到三多教會，用了一本書的名字作講題：「親愛的，爲什麼我不懂妳？」，就兩性議題而言，男女真的來自兩個星球嗎？真的彼此那麼難懂嗎？網路上流傳一個「女人到底要什麼？」的故事。

雅瑟王戰敗被俘。王妃不忍殺害他，提出了一個條件，要他在一年內要找到「女人最想要什麼？」的答案。他的好友葛溫，決定犧牲自己，去見知道答案的女巫，並答應娶令人作嘔的她。答案原來是：「女人最想要的是能夠主宰自己的一生。」洞房花燭夜時，葛溫還是依照習俗溫柔的把女巫新娘抱進新房，赫然發現剛才的女巫，突然變成了一個美麗溫柔的少女。對他說：「爲了回報你的善良和君子風度，我願意在這良辰美景恢復我的本來面目。但是我只能半天以美女姿態出現，另外半天還是要變回令人厭惡的女巫面貌，不過親愛的夫君，你可以選擇我到底白天和晚上以什麼面貌出現，我一定照你的指示去做。」假如你是葛溫，你的選擇是什麼？葛雷是這麼回答的：「親愛的太太，我覺得選擇的結果對你的影響比對我的影響大得多，你才有資格決定這件事情。」女巫笑著回答說：「親愛的先生，全世界只有你眞正瞭解女人最想要的就是主宰自己的一生，所以我要一天二十四小時都回復我原來的美貌來報答你。」

這不該只是女人的故事吧！男人女人不都一樣嗎？不都希望擁有自我選擇的權利嗎？我第一次看這故事時，就深深被撞擊了，我們可曾說出我們的需求呢？

一位女性在臨終前，她嘆了一口氣說：「我不夠好！」先生近前說：「你爲我生了一對好兒女，又讓我無後顧之憂，有了經濟基礎，妳眞的很好！」她搖搖頭說：「我不夠好！」兒子趨前說：「媽媽，妳眞的很好，在我叛逆的時候，妳爲我流淚，陪我度過青春期，成就了現在的我，妳眞的很好！」她仍然搖搖頭說：「我不夠好！」女兒握著媽媽的手說：「媽媽，我小時候身體不好，妳晝夜照顧我，我現在身體才能這麼好，妳眞的很好」最後，她以游絲般的聲音說：「我不夠好，我對自己不夠好」。

在我們嚥下最後一口氣時，我們最想說什麼？有沒有帶著遺憾？

每一個女人的心都是用同情的墨水所寫的熱情信。《席勒》

幸福在哪裡？

【91。08。23】

理論與實際是有差別的。

我最常對學生講的是：「人生不是沒有問題，但是你要有解決問題的能力」，但是勸人容易勸己難。知道身體有些異狀，還是不願意去面對，就是拖著拖著，不想上醫院去檢查。或者應該這樣講，自己心裡有數，覺得應該是不好的東西在體內滋長，卻是存著一點點希望，不會真的是我吧？突然想起一個學生，原來我跟她一樣嘛！

這位女同學因爲同學之間的某些誤會，傷心極了，既不在教室，也沒有外出，就這樣的不見了。導師知道這位女同學平時會到輔導室來，立刻憂心忡忡的來找我，只是沒想到這一回她沒有出現在輔導室。

終於在車棚的一個角落裡找到正在哭泣的學生，流露出不安與孤獨，我摟著她，實在不忍與心疼。這位女同學才告知她的母親在一年前就過世了，她一直不願意告訴她的好朋友，因爲她以爲：「假如我沒有告訴別人我的母親過世了，我就會覺得我的母親還在我身邊。」她是一直拒絕面對母親死亡的事實。所以親近她的同學都不很清楚她母親的事。

其實我也沒有比誰堅強啊！堅強，是因為自己沒有遇到無法承受之重！

好友美月與艾榮不斷催逼，想必是不忍心失去我這個好友；幾番思索，幾度難眠，終於決定好好的去檢查一番。踏入醫院實在不是一件愉快的事，黃其來醫生本身極愛攝影，診間都是他美麗的創作，他的輕聲細語與微笑雖然讓人放心，但是看見醫生檢查時的眉頭深鎖，用字遣詞的小心謹慎，我想我的心裡明白了，只是還得等幾天後再看報告，也好，這幾天可是很多事情可以做呢！

小獅子問母獅子：「媽，幸福在哪裡？」
母獅子說：「幸福就在你的尾巴上啊！」
於是，小獅子不斷追著尾巴跑，但始終咬不到。母獅子笑道：
「傻瓜！幸福不是這樣得到的。只要你昂首向前走，幸福就會一直跟隨著你！」

夜深人靜時，看著酣睡的身邊人，不忍把這可能的噩耗告知，只有暗自思索，假如真的必須告別人間，有哪些事一定要趕快去完成？有哪些人一定要趕快去聯絡！

忙碌，就沒有時間流淚了。《拜倫》

一桿進洞的喜悅

【91。08。24】

雖然已經過二十五年，外子與他當兵時的長官一直到現在還有著聯繫，沒想到當他們知道外子轉換工作時，竟然遠從台北帶來一份祝福。不知道是不是我們的默契太好，他們帶來的不僅是屬於外子生肖的馬，還是我最愛的水晶！我對水晶並無研究，也不信它的避邪等說法，喜愛它的原因主要是因為它的燦爛光華、明亮生氣，讓我感到舒服，也或許我的名字有個「瑩」字吧！

不過，看著退休後的大哥大嫂（他們已不准我們稱長官），鬥鬥嘴，快快樂樂的模樣，也不禁想起我的幾位退休朋友們，他們總叫人羨慕！雖然退休比他們原來的規劃要早，可是他們的生活依舊豐富，精神依然飽滿，讓我為他們感到高興，尤其在中年以後，有著不虞匱乏的經濟能力，還有年富力強的體力，最重要的有自由在規劃自己的生活之餘，還有力量貢獻社會。

猶太教規定，信徒在安息日必須休息，甚麼事都不能做。也由於安息日猶太教徒都不會出門，球場上一個人也沒有，因此長老覺得不會有人知道他違反規定，決定偷偷去高爾夫球場。

沒想到當長老在打第二洞時，卻被天使發現了，天使生氣地到上帝面前告狀，說某某長老不守教義，居然在安息日出門打高爾夫球。上帝聽了，就跟天使說，我會好好懲罰這個長老。

沒想到第三個洞開始，長老打出超完美的成績，幾乎都是一桿進洞。因爲打得太神乎其技了，於是長老決定再打九個洞。天使又去找上帝了：到底懲罰在那裡？上帝只是笑而不答。打完十八洞，成績比任何一位世界級的高爾夫球手都優秀，把長老樂壞了。

天使很生氣地問上帝：「這就是你對長老的懲罰嗎？」

上帝說：「正是，你想想，他有這麼驚人的成績，以及興奮的心情，卻不能跟任何人說，這不是最好的懲罰嗎？」

人生似乎總在比較中過日子，青少年比美麗，青年比學歷，壯年比體力，中年比財力，老年比病歷。想著退休的朋友們樂天知命的滿足，衷心祝福他們。

生活需要朋友，快樂和痛苦都要有人分享。沒有人分享的人生，無論面對的是快樂還是痛苦，都是一種懲罰！！願與我的朋友們一起慢慢「成熟」到年老。

分享是加倍的喜悅，分擔是減半的痛苦。《輔導箴言》

給我一個機會吧！

【91。08。25】

因為新課程標準中有「生涯規劃」，所以這暑假各地大概都有針對這課程做一些研習說明。也就有機會到岡山農工就自己著作「生涯規劃」的部分做一說明。想當初寫「生涯規劃」時，可以說是意外，但認真說來卻也不能算是意外。

十年前到輔導室工作後，發現輔導教師不必上課，但是沒有與學生接觸的機會，又怎能吸引同學到輔導室呢？而同學們若不想到輔導室，那麼輔導室還有存在的必要嗎？於是我上了簽呈，爭取每星期有一天升旗，以「三分鐘小故事」帶領一個觀念，也可當做團體輔導，就這樣的維持了好幾年。

前些年有一個出版社與同事振環老師有合作關係，有一天感慨的對張老師說他們想找一個人寫適合高職學生的讀本「生涯規劃」，但因時間緊迫，需要兩個月內完成，可是他們找了很多人都遭拒絕，有些無奈。張老師立刻跟出版社代表推薦我，我也立刻答應。很多人覺得我有點「憨膽」，但是我知道，這是我可以把我平日所學所用的東西做一整理的機會，這本充滿小故事的教科書就誕生了。

有一個父親老來得子，爲了小孩將來的幸福，他不僅選定時辰剖腹生產，還拜訪有名的算命大師，爲小孩取了一個名利雙收、還能擁有美麗、嫻淑的妻子的名字。小孩在全家的呵護中成長，他也知道自己終將會名利雙收。可是當他過完了一生，名利與嬌妻卻不見蹤影。於是他到閻王殿上，提出告訴，他告算命大師詐欺。

閻羅王對他說：「你的確比別人有更好的發展機會。但你在廿五歲那年，雖然你很有創意的發明了一件東西，許多人勸你去申請專利，可是你卻害怕遲遲不敢行動，隔了兩年，另外有人發明了同樣的東西，他立刻去申請專利，卻大發利市，成了億萬富翁。他有行動力，而你卻沒有！在你卅歲那一年，發生了大地震，村子裡損失慘重，你原可以加入救援的行列，這讓你聲名大噪。可是，你沒有關懷別人的心，仍在家中過著你逍遙自在的生活。又怎麼會有好名聲呢？因爲你總認爲你下一個女友會更好，從不珍惜每一個『現在』，所以，你錯過了你的賢妻。」

當我們自己準備好時，不必說：「給我個機會吧！」機會也在身邊的。

規劃永遠趕不上變化，要把自己準備好，機會來臨時，才能把握的機會。

我聽到什麼？

【91。08。28】

距離上次到花蓮教會做青少年輔導已經是多年前了，花蓮風景之美與人情的溫馨一直縈繞心頭，所以當花蓮高工為生涯規劃研習邀請我時，我一口就答應了。人嘛，常常有些心願在心底，但是總要有一些勉強才能成行！這兩天能到花蓮真是滿足極了。最訝異的是遇到好友禹樂老師帶著他的孩子智鈞，能夠在異地相逢，在原野牧場享受羊奶咖啡，台灣很小，卻是很豐富啊！

夜裡，坐在海邊聽濤，心情舒暢極了。真的很久很久沒有這麼悠哉了，離開家人，放下工作，聽聽自己心裏的呼喚，想從前，想現在，甚至想那遙不可及的未來，有一絲迷惘，有一點甜蜜。坐在花蓮海邊，除了濤聲，我突然想起了還沒有去看的檢查報告，於是真正的讓自己安靜下來，享受這時刻的謐靜，想想自己究竟聽到了什麼？

有一個中年人，在他家庭事業兩得意時，卻突然覺得生命空虛，徬徨無助，醫生開了四帖藥給他，對他說：「明天九點鐘以前獨自到海邊去，什麼都不要帶，分別在九點、十二點、三點和五點，依序各服用一帖藥，你的病就可以治癒了。」

九點正，他打開第一帖藥服用，裡面沒有藥，只寫了兩個字「聆聽」。他眞的坐下來聆聽風的聲音、海浪的聲音，漸漸地，他甚至聽到自己心跳的節拍與大自然節奏合在一起。他已經很多年沒有如此安靜的坐下來聽，因此感覺到身心都得到了清洗。

中午打開第二個處方，上面寫著「回憶」兩字。他開始回想起自己童年到少年的無憂快樂，想到青年時期創業的艱困，想到父母的慈愛，兄弟朋友的友誼，生命的力量與熱情重新從他的內在燃燒起來。

下午三點，他打開第三帖藥，上面寫著「檢討你所爲的動機」。他慢慢地回想：早年創業爲了服務人群而熱誠地工作，事業有成時，因爲賺錢，失去了經營事業的喜悅，也爲了自身利益，失去了對別人的關懷，想到這裡，他已深有所悟。

到了黃昏的時候，他打開最後的處方，上面寫著「把煩惱寫在沙灘上」。他走到離海最近的沙灘，寫下「煩惱」兩個字，一波海浪，立即淹沒了他的煩惱，洗得沙上一片平坦。

我沒有在花蓮沙灘寫下「煩惱」，但我披上喜樂平安的外衣，也只有智慧的人，才看得見我的外衣。

沉思與反省只是頭腦的工作，卻整個身體都有記憶力。《朱培爾德》

我終於了解！

【91。08。31】

因為嘉義教會的邀請，講「如何矯正青少年趨附世俗的傾向」，今天讓我有機會回到我成長的地方。

其實，在許多的文章上或者與人分享時，我經常提到自己那段不知所措的成長日子，因為如果沒有那般苦澀，也許我就無法體會現代青少年！

那年，我才十五，還來不及享受考上高中的喜悅，就被迫接受父親的逝世，年輕的我還沒準備好接受家裡只剩孤兒寡母的事實，沒有人告訴我該怎麼辦？我也不知道該怎麼辦？所以，我只有用自己的方法來面對。

我盡量讓日子如往常般，雖然日出、日落，我的生活似乎與同學無異，但是，我心中的痛依然存在。那時適逢校慶，於是我參加一千五百公尺賽跑，消耗我無法排解那深沉的失落感；在流汗中似乎覺得自己好多了。但是，夜裡，仍然有著無法說出的苦，孤燈、濃茶、點一支尼古丁，渡過漫漫長夜。我在摸索中過著自己的日子。直到後來，成為基督徒，找到生命的意義，才結束了對死亡的恐懼與抗議。

現在想來，當時的我，聰明的以為，我只要裝作沒事，就真的沒有發生過。但是沒有人教導面對死亡的孩子，用什麼來處理自己的情緒呢？經過歲月的洗禮，我逐漸了解今日的我是怎麼形成的。

記得有一篇文章「我終於了解」是這麼寫的：

我終於了解——你無法強迫別人愛你。你所能做的，是使自己成爲可愛的人。

我終於了解——不論我如何付出關懷，有些人就是無動於衷。

我終於了解——建立起信任，需費時多年，但只需幾秒就能摧毀它。

我終於了解——重要的不是一生中擁有了什麼東西，而是一生中擁有了什麼人。

我終於了解——雖然可以藉由魅力達到目的，但只能維持十五分鐘。

我終於了解——你不應拿自己和別人的最佳表現相比，應該和自己的最佳表現相比。

我終於了解——重要的不是發生在人們身上的事，而是他們對那事的反應。

我終於了解——在瞬間所做的事，可以叫你我痛一輩子。

我終於了解——不論切得多薄，事情總是具有兩面。

我終於了解——需要經歷很長的時日，才能使我成爲我所欲成爲的人。

後來，從事教育工作，對於遭喪的學生，只要我知道，除了親自弔唁之外，我一定特別陪他走過這一段路。至今，我才知道，當時的遭遇、當初的無助，原來就是為了今天的工作。最是難忘一位孩子在懷中整整哭了兩小時，而我也陪著她落了兩個小時的淚水，我想這是我倆生命當中一段難忘的記憶，我們一起走過生死經驗。

我終於了解，當時的遭遇，當時的無助，原來就是為了今天的工作。

任何教育都不如災難教育。《狄斯累利》

Part 2 荊棘裡的百合花

我的佳偶在女子中，
好像百合花在荊棘內。

我的身體誰做主？

【91。09。03】

在好友艾榮與美月的脅迫下，終於得面對事實，鼓起勇氣去看檢查報告。果然不出所料，是不好的結果：「癌症第二期」必須動手術切除，醫生陳文利看起來很年輕，卻頗有人文氣息，對談之中，給我很大的信心，但是他覺得越快切除越好，甚至認為明天就動手術會更好。從醫院出來時，艾榮說我好堅強，似乎看不出震撼的感覺。也許是心裡有數，不想承認卻仍必須接受這樣的事實。但是一直以為勇敢的我，還是在打電話給外子時，掉下了眼淚，看到了自己的脆弱。

教授桌上放了一個裝水的罐子、一個正好可以從罐口放進罐子拳頭大的小鵝卵石，一袋碎石子，一袋沙子和一大瓶水，希望學生能夠把這些東西都放在罐子裏。答案是：先放鵝卵石、再放碎石子、沙子和水，這樣就能夠全部放進去了。教授想告訴同學最重要的訊息是：「如果不先將大的鵝卵石放進罐子去，你也許以後永遠沒機會把它們再放進去了。」

什麼是我們生命中的鵝卵石？是和我們心愛的人長相廝首？是我們的信仰？教育？夢想？值得奮鬥的目標？做年輕人的好榜樣？為下一代留下一些值得的回憶？如今生命中很多順序都得重新排列了。

也許今晚上床之前，我該想想。

陳醫師跟我說結果的同時，卻也提上一句：「你去跟先生商量一下，是否要切除？」外子雖然說了一句：「以健康生命為重，我沒有那麼迂腐啊！」但是我的心裡仍嘀咕著，為什麼醫生會認為我的身體要先生來同意？為什麼我覺得對外子有深深的愧疚？

我終於體會了許多婦女在切除身體部分器官後，會產生憂鬱症或者影響夫妻情感的原因了。原來不只是社會上認為女人是附屬於男人的，甚至於女人自己也是這樣認為，當我們生病時，也許心痛多於身痛，愧疚多於病苦，我是女人，即使我有所領悟，卻也終於了解許多的無可奈何。對我的身體，我選擇不沉默。晚上給自己的身體辦了一個告別式，跟自己的身體告別，我的身體我做主！

世界上最不幸的事，就是生命中重要的事被推到後面的位置。《史蒂芬・科維》

朋友是沒有月亮的晚上

【91。09。04】

晚上莉玲一聽到我罹癌的消息，無論如何都要從楠梓趕來，因為這個消息打算改成良性腫瘤給母親知道，所以不敢與莉玲約在家中，先是約巷口的橋邊再做打算。一見面，兩人抱頭痛哭好幾分鐘，後來到耕讀園去聊天，又在廁所裏抱頭痛哭好幾次，那種嚎啕是對未來的無可預期，也是對這一路走來的種種整理。喔！親愛的朋友，人生這一遭，能有幾回這樣抱頭痛哭！不知進了手術房能否走出來唄！

從前，從前，有一個悲傷的小天使，他悲傷是因爲他只有一隻翅膀，他不能像其他天使一樣在天空翱翔。

直到有一天，他發現了另一個跟他一樣只有一隻翅膀的天使。因爲了解彼此的寂寞，所以他們情不自禁的擁抱在一起，他們的翅膀也因爲心情的激動而抖動起來。就在此時，他們更驚訝的發現，他們竟然飛了起來，從此他們成了最好的朋友，一起在天上快樂的飛翔。

也許我們都是單翼天使！我真的很感謝神賜我好友，陪我走過所有的辛酸苦辣，陪我以淚水澆灌所有的苦澀哀愁。謝鵬雄先生有一篇「後台朋友」讓我讀過一直不能忘懷，也常常與別人分享。

前台，是粉墨登場的場所，費盡心思，化好了妝，穿好了衣服，準備好了台詞，端好了架式，調勻了呼吸，一步步踱出去，使出渾身解數。該唱的，唱得五音不亂；該說的，說得字正腔圓；該演的，演得淋漓盡致。於是博得滿堂彩，名利雙收，躊躇滿志而回。然而，當他回到後台，脫下戲服，卸下妝彩，露出疲累而飢黃的臉部表情時，後台裡沒有一個朋友在等他，和他說一句眞心話，道一聲辛苦，或默默交換一個眼色，這個眼色，對他可能很重要。也許比前台的滿堂彩要受用、必要！人生有一個地方，有一個人，在這人面前，可以不必有出息，可以不必有形象，可以暴露弱點，可以全身都是弱點，這是很大的解放。

記憶中有一句「朋友是沒有月亮的晚上。」，與莉玲擁抱時，我沒有看到天上有沒有月亮，但是我會記得有一位朋友抱著我，給我勇氣，我知道在沒有月亮的晚上，朋友是我明亮的月光。

莎士比亞說：「人生如舞台」，據此，人有前台，也有後台。《謝鵬雄》

感謝朋友姐姐的關心，特別撥空與我見面，不僅提供她的經驗之談，而且還帶來了許多的資訊，讓我能了解我開刀與治療的過程，她不僅度過了五年的危險期，下個月還要到絲路去旅遊，生活愜意，笑容可掬，傾她所能的為我解惑與安心，我心中的感謝無法形容，如果一切順利，我當以她為典範，也提供我的經驗與人分享。

【91。09。07】

這全是免費享用的！

一天，一對父子工作返家，父親指著驢馬的蹄，問兒子：「孩子！在驢馬的腳印上，有者很重要的訊息，你去看看，再回來告訴我你究竟看到了什麼？」兒子走過去，在驢馬的蹄印邊，看了又看，看了又看。回來對父親說：「空空的，什麼都沒有！」

於是父親帶著兒子走到蹄邊，指著蹄印對兒子說：「兒子啊！眞的什麼都沒有嗎？你看，蹄印上告訴我們，已經有兩顆釘子掉落了，如果一直沒有發現，即時補上去，最後蹄鐵就會脫落，驢蹄就會磨損壞掉，等到磨損壞掉之後，這頭爲我們搬運貨物，我們賴以爲生的牲口，就不能爲我們做事了。」

接著，父親看著年輕的孩子，繼續說：「書本所教給你的是文字，生活所面對的，卻是千變萬化的東西，你要學習活的思想。」

幼年失怙，所有的成長經驗都是自己摸索與觀察，對於願意提供經驗與我分享的朋友總是心存感謝。也因為如此，除了對學生極盡所能提供自己的經驗外，也積極參與成人教育工作，希望藉著彼此的分享與分擔來面對生命的難關。

有一對感情甚篤的老夫婦，先生爲了感謝妻子多年的辛勞，決定帶妻子搭乘嚮往已久的愛之船。兩人商量決定以最省錢的方式過這美好的假期。他們帶了許多乾糧上船，船是那麼的豪華，有不同的餐廳、舞廳、歌廳、劇院、電影院、甚至泳池、周全的運動設備，他們懷抱愉快的心情「參觀」，船上的時光眞是美好！因爲這樣的旅遊使他們極爲心滿意足，最後一天，兩人到船上最豪華的餐廳用晚餐。兩人在優美的氣氛下享用了一頓美食，並以十分滿足的口氣請服務生來結帳，沒想到服務生卻睜大了眼睛，以一副不敢相信的口氣說：「這船上所有的東西都是免費享用的！」

蒐集資訊恐怕不只是生病人才該做的事吧！謝謝所有關心我的人。我們的「經驗」昂貴，但我們的分享卻可以是免費的！

有學問，便有了知識；有了知識，便有了方法。《孫文》

我看得到明天以後的太陽嗎？

【91。09。08】

雖然明天就要開刀了，我還是決定早上趕赴民雄教會參加研習，我講的題目是：「青少年次文化與價值觀」。當三個小時的課程結束要禱告前，我將我的情形告訴在場的弟兄姊妹，也請大家為我禱告，沒想到當場就有姊妹哭了。會議結束時，主持人說：「感謝陸姐為我們做了生命的見證」，這話很不錯，但是此時聽起來卻是有那麼點奇怪，我覺得應該是告別式時說來比較對味吧！

返回屏東前再到台南，為女兒找外宿的地方，並且簽約。看著女兒，也許年輕也許還沉醉在大一新鮮人的夢想中，看不出可能會失去我的悲哀，我也一如往常。其實想想自己在青春年少時，不也覺得生命無限嗎？不也沒有想到生死嗎？生命自有其生存能力，也許把我的生命、女兒的未來交給神吧！

途中接到許多電話，全都是希望我不要貿然開刀和化療，或者不要在屏東開刀，應該多看些醫生等等的關心，說我沒有心動猶豫是不可能的，但是我仍然決定在屏東開刀，第一、我相信生命在神；第二、陳文利醫生的人文素養也讓我放心；第三人丁單薄，在屏東對自己及家人都是方便。說實在話，要做這樣的決定不容易，我跟身邊的人說，明天無論發生什麼事都不要自責，這都是我自己決定的，我的生命我負責，我不希望一旦我醒不來，他會因為難過而自責，我重複的對他說：「這是我的決定」當然，每講一次其實也是在努力說服自己堅定。

有一位老師中午吃飯時間，不小心將桌上的小花瓶打破了，她正準備丟到垃圾桶中，不料，旁邊站著的一位小女孩怯生生地向她索取這些碎片。當她午睡醒後，發現桌上有一張紙，紙上貼著碎片，但是卻成了一副美麗的山水畫。她好感動！她視為垃圾，有人卻能施巧手，變成美麗的圖案。

此刻覺得自己像個即將破碎的花瓶，希望經過明天醫生的巧手，我還能將自己的人生變成美麗的圖案。只是，明天此時，我究竟在哪裡？神會不會聽我的禱告？未知正考驗著我的信心！晚上睡覺時握著身邊人的手，知道他的沉默是失去我的恐懼，我的沉默是失去他們的不捨。我看得到明天之後的太陽嗎？

不要把人生看得太嚴肅，反正我們不會活著離開它。《赫爾福特》

我的病房911！

【91。09。09】

準備了簡單的行李驅車前往醫院，途中接到友人的電話，有人問為什麼要把自己的生命交到這麼小的醫院？有人問為什麼決定這麼匆忙，不去試試中醫？這些關心都讓我有些猶豫，然而放下電話，我也問自己，為什麼？轉過頭去，我還是跟身邊的人說：

「就這樣決定了，如果真有什麼事，你千萬不要自責，這是我自己決定的。日後要多保重，好好過日子，要找一個愛你，也願意因為你而照顧媽媽和女兒的人喔！」

他瞪了我一眼，我知道那裡面有著不忍不捨與不願，就這樣握著他的手，車開到醫院。

也許真的是小醫院，對於沒有什麼忌諱的我，接下來的兩件事卻讓我心毛毛的。首先，報到時醫生正忙著巡房，護士在電腦裡居然找不到我的名字，護士解釋開刀房有名字，只是掛號處可能電腦出些狀況吧！當醫生趕來時，我積壓的情緒突然爆發了，我不斷的說起自己在這裡開刀所承受的壓力，居然醫院行政如此草率，讓我如何能夠放心？眼淚不斷的流下，陳文利醫生不動聲色，在為電腦出錯抱歉之餘，輕聲細語的說：「我了解你的心情，如果你還沒有準備好，你可以選擇延後。」

看著醫生的誠懇，我還是點頭住院了，沒想到，我病房的號碼居然是911，感覺真不太好啊！幸好我沒有什麼禁忌，就這樣住院準備開刀了。也許這也是我該學習的功課吧！

一個長者與怕鬼的孩子的一段對話：「如果你看到牠，不要怕牠，如果你打贏牠，證明牠不可怕；如果你打輸了，也不必怕牠，因爲只不過跟牠一樣都是靈魂啊！」

進入開刀房之後，還不是那麼順利。冷冷的開刀房，冷冷的床。我跟護士開玩笑，至少床要溫暖些，要不然開刀的人會感冒，更難痊癒。等麻醉師的時間是很難熬的。這時候我突然想起，剛剛要進入開刀房前，忘記跟身邊的人說些體己的話，忘了再交代女兒，所以請求醫師讓我打個電話。透過電話，謝謝身邊人這將近卅年的陪伴與照顧，如果神願意，希望他能夠再陪伴；並且跟女兒說我將留給她三千萬：「『千萬』要謹守信仰、『千萬』要尊敬長上、『千萬』要保重自己。」我害怕嗎？我也不知道，因為躺在病床上，時間是暫停的。麻醉前，我很鄉愿的禱告：「求神赦免我已犯之過，求神赦免我未犯之行。」一網打盡，然後安心睡了，不管明天醒來是天堂或人間！

擁抱恐懼，就能戰勝恐懼！《學生瑞伶寫過一段話。》

盡我所能把花園的工作做好！

【91。09。10】

不曉得該以怎樣的心情醒過來？所以當我眼睛張開時，我以歌聲開始。我唱著「最浪漫的事就是和你一起慢慢變老，老得那兒也去不了，你還依然把我當成你手心裡的寶。」不過，陪伴我的親友似乎對我的歌聲並不領情，也不懂得欣賞。所以我聽到他們的猜測：「可能麻醉還沒有退去吧！」「有些迷糊了」。於是我一一稱呼他們，然後謝謝他們，感謝神！我活過來了，我知道我要面對的還有許多未知，願我有力量！

綁著兩個血袋，體會著身體的不一樣，我心裡感恩也默禱著，沒有特別痛的感覺，想必是有許多的弟兄姊妹用他們的愛心禱告托住了我，讓我能夠承受這樣的切膚之痛。陸陸續續同事朋友來看我，因為精神還算不錯，大家總是嘻笑怒罵一番。看得出來有些人不知所措，因為不知怎麼勸慰我，有些人則說著他們的親朋好友如何抗癌，現在活得如何輕鬆自在！有些人則抱著我哭，不捨我的遭遇，其實他們來看我，我就非常感恩了，因為至少我在他們的心上囉！

一晚，一位年輕人在鎮上遇到一位自稱是死神的黑衣人，他對年輕人說明日此時，我將取走鎮上十個人的性命。年輕人大驚，四處警告鎮民。次日，鎮上卻死了五十人。夜裡，年輕人回到昨日遇見黑衣人的地方，他向黑衣人提出抗議。沒想到黑衣人說：「我眞的只要取十個人的性命，其他是嚇死的。」

我變得很亢奮，總是不斷的講著我為什麼選擇這裡，醫生的素養以及醫術，可是我就是沒有提到我的心情，因為確實不知道怎麼去提，好像自己也不願意去想，也許我不想被自己嚇死吧！突然想起司馬遷的話：他以為皇帝最大，沒想到這天下權力最大的人是獄卒，躺在床上之後，不僅感受到人的無助與脆弱，也對護士小姐的態度特別敏銳。

「英雄也怕病來磨」，想想那些漸凍人，他們要承受多少的壓力?頭腦清楚卻得眼睜睜的看著對身體的無能為力！從安寧照顧到器官捐贈；從大學開設生死學到大學生到殯儀館學習；從鮑比的「潛水鐘與蝴蝶」到墨瑞「最後的十四堂課」，我們都可以學習到如何面對死亡，但是，只要是人，我們終究是不容易超脫生離死別的！

有人問在花園中工作法蘭西斯：「假如今天太陽西下的時候你會死，你會做什麼?」他抬起頭笑著回答對方：「我會盡我所能把花園的工作做好。」

我不認識你，但我謝謝你！

【91。09。11】

每一個人的探訪總是叫我感謝不已，只是我沒有想到有我不認識的人。花蓮教會的弟兄姊妹來看他們在屏東就讀的子女，聽說我病了，他們記得我曾經到花蓮幾個教會與他們共度一周研習的日子，所以就請人帶他們來看我。然後他們就在病房裡唱起四重唱，歌聲優美極了。當他們唱到「有人在為你禱告」這首歌時，我忍不住哭了起來，幾天的情緒都爆發出來了，看著他們誠懇的表情，為我祝福的真摯，我覺得我真是幸福極了！原來，幸福就是一種滿足，滿足就是幸福，我的肉體失去了部分，我將以精神來補足它。

有個故事說神在創造人時，有一個想法，他要賜給人擁有成功、幸福、平安、快樂的力量，但是先決條件是：那個人必須先找到祂。祂左思右想究竟要藏在哪裡才不會被人找到呢？祂曾想過高山、海底；也曾想過城市、鄉村，最後祂終於找到一個非常滿意的地方：人的內心。祂在人內心深處放了一個叫「內在聲音」，蘊含著安靜、平安、喜樂、智慧、力量等，只要人們能夠摒除憤怒、恐懼、煩躁、自私、緊張等，就能得到祂要賜給的成功、幸福、平安、快樂的力量，但是先決條件是：那個人必須先找到祂。

陌生人的來訪，讓我覺得我們雖然第一次在病房相見，卻發現彼此好像沒有那麼陌生，因為我們有著共同的主題：我的病痛我的心。不認識的人還有女兒同學和她母親的愛心，外子的長官、路過屏東的教友和朋友的朋友，孫越捐血廣告的那一句話：「我不認識你，但我謝謝你」竟是如此貼切的浮現心頭！

一把堅實的大鎖掛在大門上，一根鐵桿費了九牛二虎之力，還是無法撬開。鑰匙來了，他瘦小的身子鑽進鎖孔，只輕輕一轉，那大鎖就「啪」地一聲打開了。鐵桿奇怪地問：「爲什麼我費了那麼大力氣打不開，而你卻輕而易舉地就把它打開了呢？」鑰匙說：「因爲我最了解他的心。」

每個人的心，都像上了鎖的大門，再粗的鐵棒也撬不開。唯有關懷，才能是細膩的鑰匙，能進入別人的心中，生了病以後，我更覺得我需要細膩的鑰匙。

如果我能夠彌補一個破碎的心，我就不是徒然活著，如果我能夠減輕一個生命的痛苦，撫慰一處創傷，我就不是徒然活著。《狄更生》

給我好看

【91。09。12】

可愛的夥伴淑枝與瑛琳帶來敷面面膜，只因為我曾經跟她們開玩笑，住院期間最適合敷臉了，然後就可以漂漂亮亮的出院給人好看了。結果她們當真為我帶來了面膜，給我好看！其實對於每一個來看我的女孩或女人，我也不免會提醒她們要自我檢查，雖然聖經上說，我們現在所受的苦難，是為將來能安慰受同樣苦難的人，但是我仍希望我週遭的人都不要有此苦難才好。

記得有一次參加宴會，對面一位紳士一聽到我在屏東高工服務，就很熱絡的跟我說：「你認不認識屏東高工陸某某」，原來他記憶中廿年前的我是清瘦飄逸白皙，只是沒想到多年不見，人已臃腫華貴，當真相逢不相識了！回家以後，總是把這事兒當笑話講，一方面也為自己的模樣脫罪吧，畢竟這廿多公斤的肉，任誰也吃不消啊！

直到朋友從美國回來，談起與他再婚經驗時，感慨的說：「再婚如果娶身材姣好者可能另有所圖，但大多數都是soul mate靈魂伴侶才重要」的確！生了這場病，看起新聞來更是專挑激勵文章，比如誰誰誰雖然罹癌，卻又活的精彩，誰誰雖然重病仍獲真愛，雖然自己看似堅強，卻也不斷在尋求資源來鼓勵自己呢！我可不願意不知不覺地上了悲情的癮，和負面情緒做困獸之鬥。

曾經有許多生物學家、物理學家、社會行爲學家，聯合起來研究大黃蜂，因爲依照流體力學的觀點，大黃蜂身體與翅膀的比例是絕對沒有飛行的可能。

可是，在大自然中，只要是正常的大黃蜂，卻沒有一隻是不能飛的；甚至於，牠飛行的速度，並不比其他能飛的動物來得差。這種現象，彷彿是大自然正在和科學家們開一個很大的玩笑。

最後，社會行爲學家找到了這個問題的解答。答案很簡單，那就是——大黃蜂根本不懂「生物學」與「流體力學」，因爲有學問的大黃蜂會告訴自己「不可能」會飛，也許牠就飛不起來了呢。

因此，即便我是屬於懶女人一類，懶得在自己臉上塗塗抹抹，即便我不懂化妝，但我會飛！我相信每一個人的生命都有他自己的美麗，而我的生命也有著我的美麗，只綻放給看得見的人！我身體少了的部分，我會用靈魂之美增添！

世界上沒有比快樂更能使人美麗的化妝品。《布萊盛頓》

我非台糖董事長！

【91。09。13】

退休的同事來看我，她說：「雖非台糖董事長，卻是人間吳乃仁〈無奶人〉」我們大笑帶過！可是聽在艾榮心裡難過極了，等到該同事離去，她忍不住說了些話，一方面她覺得我受了嘲笑，另方面也心疼我的苦難。我了解艾榮的心情，但是我想我有能力去面對與承擔。我跟她說，曾經有人說我很有福氣，是少奶奶的命，我笑著說，如今我不也就成為少奶奶俱樂部的一員了嗎？名符其實的少奶奶了！事情沒有那麼嚴重的，別人怎麼看我們，關鍵在我們怎麼看自己。我想退休的同事並無惡意的。

不過，我也想起有人在得知罹病之後鬱鬱寡歡，手術之後更是請了半年的假，拒絕同事去看她，也不參加任何活動，一直活在哀傷中！這樣幽默的話並不適合每一個人，同事對我說這話，知我承擔得起的！但是我不會放在心上來壓傷自己的！到了我們這個年紀，生命中遇到冷暖還會少嗎？何必在意這幾句話呢？不過，我心裡同時也明白，別人曾經遭遇的輕蔑或同情，日後在我身上也不會少的。經常網路上看到流傳的這幾句話：

人生不可免的缺憾，你怎樣面對呢？逃避不一定躲得過，面對不一定最難受；孤單不一定不快樂，得到不一定能長久；失去不一定不再有，轉身不一定最軟弱；別急著說別無選擇，別以爲世上只有對與錯，許多事情的答案都不是只有一個；你能找個理由難過，也一定能找到快樂！懂得放心的人找到輕鬆，懂得遺忘的人找到自由。

婆婆對我很不錯，經常關心我們，也會請小姑帶來鮮魚等，但是剛結婚有一次要宴客，我沒把東西煮好，放在菜櫃中。她一進廚房當客人的面就說：「你這是要藏起來給自己吃啊！」雖然場面很尷尬，但是我仍輕聲笑臉跟她說：「是啊！這麼難看客人也吃不下，所以得先藏起來啊！」大家一笑也就過了，柔和能免大過嘛！幽默自己其實也無損於自己的價值啊！

女：你喜歡我天使的臉孔，還是魔鬼的身材？

男：我…… 我喜歡你的幽默感。

A：「你是我見過最愛乾淨的人」B：「過獎了。」

B：「你是怎麼看出來的？」A：「不管什麼事，你都推得一乾二淨。」

嘲笑自己是幽默，嘲笑別人是諷刺。《無名氏》

撐傘的人

【91。09。14】

訓導處工讀生士偉突然出現在病床前，我嚇了一跳！我跟他不熟，平時只是在校園裡打打招呼而已，他竟然因為耳聞我的病特別到醫院看我，心中有著莫名的感動。看著他坐在我面前，雖然他的嘴不斷的勸勉著我，但他的眼光卻是羞澀的看著地板。我的眼淚不聽使喚不斷流下。臨走前，他很慎重地從書包裏拿出一張護貝的大悲咒，誠懇的對我說：「老師，我知道你是基督徒，與我的信仰不同，但是請你把這張大悲咒放在身邊，它對你會有保護作用的。」

我一直很熱愛輔導工作，但同樣的，我認為輔導工作讓我內耗甚深。因為輔導是在別人的淚水裏看到自己的心情，在別人的心情裡看到自己的故事，有一次，在接連與學生談話後，覺得自己幾乎虛脫，找不到援助時，竟然有一位學生發現我的脆弱，遞來一張條子，不知道他是從哪裡錄下這段話：

向日葵總是令人感到溫暖。這天，雨天，向日葵的心情不好，垂頭喪氣暗自流淚，沒有人注意到它。這時有一把傘撐了過來，問它：妳心情不好嗎？向日葵抬起頭來，笑著說：因爲妳這一句話，心情又好了，向日葵再次抬起頭來，溫暖的對著人。

在這段話之後，還有一句：「老師，妳好嗎？」當時正值心情低落，看了字條，跑到諮商室痛哭一場，然後寫了張便條：「因為你撐了傘，我又好了！」

學生常常是我的老師，在他們身上看到無限的可能！因為每一個人都是如此不同，每一份感情都是如此真摯！不也曾經有過這樣的說法嗎？

假如有學生考試得Ａ，那麼你要對他好，因爲他以後是科學家，會對社會有所貢獻；假如有學生考試得Ｂ，那麼你也要對他好，因爲他以後會返校當老師，可能是你的同事；假如有學生考試得Ｃ，那麼你要對他好，因爲他以後一定會賺大錢，會捐給學校很多錢；假如有學生作弊被抓到，那麼你要對他更好！因爲他以後會是我們國家的政客，不能得罪⋯⋯。

教育之於靈魂，猶如雕刻之於大理石。《愛迪生》

平生最愛魚無舌

【91。09。15】

阿冰是個直腸子的人，個性耿直，但一聽到我生病卻抱著我哭了！因著她的醫護背景，為我準備了許多東西，知道我對生活的無知，並且還跑到市場為我買睡衣，知道我很會出汗，又準備了涼席，大概是免我生瘡吧！

人與人間的緣分說來奇妙，最早的時候，她對我的印象其實是不好的。一來是她剛到學校時，有人跟她說我巧言令色吧！所以她一直都與我保持距離，以策安全。其實這是最悲哀的誤解囉！不過也讓我深深體會「平生最愛魚無舌，游遍江湖少是非」，只可惜當說話變成工作時，無舌？難喔！

後來，不知怎麼熟悉起來的，大概她發現我還算不錯吧！而我也發現在她快人快語之下，有著相當的愛心，我看到她為單親的女孩子煮四物湯，我也知道她被孩子的謊言所感動，借了錢給孩子。當我們都看到了別人所沒看到我們優點的部分時，我們才開始彼此熟悉，其實我們並不屬於黏搭搭的友情，但是我們清楚，對於孩子們的教育，我們是同樣的重視，對於彼此個性上的不同也能彼此包容。張忠謀先生的一篇文章：「每個人都少了一樣東西」：

在一個講究包裝的社會裡，我們常禁不住羨慕別人，光鮮華麗的外表，而對自己的欠缺耿耿於懷。但就我多年觀察，我發現沒有一個人的生命是完整無缺的，每個人都少了一樣東西。有人夫妻恩愛、月入數十萬，卻是有嚴重的不孕症；有人才貌雙全、能幹多金，情字路上卻是坎坷難行；有人家財萬貫，卻是子孫不孝；有人看似好命，卻是一輩子腦袋空空。

每個人的生命，都被上蒼劃上了一道缺口，你不想要它，它卻如影隨形。以前我也痛恨我人生中的缺失，但現在我卻能寬心接受，因爲我體認到生命中的缺口，彷若我們背上的一根刺，時時提醒我們謙卑，要懂得憐恤。若沒有苦難，我們會驕傲，沒有滄桑，我們不會以同理心去安慰不幸的人。我也相信，人生不要太圓滿，有個缺口讓福氣流向別人是很美的一件事，你不需擁有全部的東西，若你樣樣俱全，別人吃什麼呢？也體認到每個生命都有欠缺，我也不會再去與人作無謂的比較了，反而更能珍惜自己所擁有的一切。

我很慶幸我有一些異質的朋友，像阿冰一樣，我們個性不同、處世方法不同，但無論差異應多大，我們卻同時有著對「人」的關注，對彼此的關心。

病貧知朋友，離亂知愛情。《劉用臧》

慾可慾非常慾

【91。09。16】

台灣婦女的特定文化與社會文化價值有著極密切關聯，常常將女人推到一個脆弱的情境，一旦結婚就不能自由地追求自我實現，並且隔絕了自己原有的社會關係，婦女的身、心、生命都僅屬於一個男人—生固如此，死後亦然。雖然我們夫妻都是虔誠的基督徒，我們十分尊重對方，我們也明白如果不是神允許，這樣的事情不會發生在我身上，但是生長在台灣社會的我，生病以後也不免對於自己身為女人卻罹患此病，在婚姻中所產生的愧疚與自責，仍然使我常常思索著身體的意像，也必須尋求心靈的釋放。

幾年前我曾經以「情慾的開發與啟動」為主題，採訪了四位女士，其背景分別為歷經二次婚姻的醫護人員、夫妻分居七年的教育工作者、離婚的公務人員、正常婚姻的教育工作者。其中從排斥性愛，到了解自己的需求，到慾望的蠢動，甚至享受靈肉結合之美，她們都覺得是因為兩個相愛的人，彼此坦承各自的需求，也照顧到對方的需求，如此良性循環之下，才能成就性愛的高度享受；而讓她們最高興的改變，並不是因為能夠享受性愛的高潮，而是有了主動的選擇權；不是被動的被要求、被鄙視、被選擇；現在想來，也難免許多因病切除女性器官的女性，總是在憂鬱與徬徨中度日了，是情慾也是愛慾！慾可慾非常慾啊！

中國禪師和日本禪師一起乘船渡過瀨戶內海，日本禪師說：「日本的海水多麼清澈，使人想起山中湖邊那些美麗的山葵花啊！」

中國禪師笑著說：「水果然清澈，可惜，這水如果再混濁一點就更好了！」

日本禪師驚訝的說：「為什麼呢？」

中國禪師平靜的說：「清澈的水，只能長出山葵花，如果混濁一點，就能長出更美麗的白蓮花！」

婚姻從少年時候的愛情，到中年的親情，到晚年的恩情，在不斷的轉變中，有著不變的是希望在心中在身邊有著一個人，心裡只要想到他，就能喚醒內心的溫柔！那是安心，那是自在，他的溫暖填滿了妳的心房。若是這樣的人，不在妳身邊，那一定也要常常感謝他，因為他曾經給予過妳的溫暖，一直都在妳心裡最溫柔的角落，他若在妳身邊千千萬萬要珍惜他！

這場病，讓我愧疚也讓我反省，讓我學習也讓我成長。

沒有一種幸福的背後，不站著一個曾經咬緊牙根的堅定靈魂。《吳淡如》

扣子請縫緊一點

【91。09。17】

這場病來得急，外子剛好轉換跑道，我們兩人本來就是工作狂，在他完全投入新工作的此時此刻，我不敢也不願讓他分心，因為心疼他的辛苦。所以，每晚他到醫院時已是十一點過後，只能問一問恢復的情況，抱抱我然後說聲：「晚安！不要太晚睡」。

今天看著他的熟睡，想起共同走過的歲月。想著當初沒有錢時買一瓶鮮奶兩隻雞腿，坐在文化中心前慶祝結婚紀念日的甜蜜。想著當初為了母親五千元的住院保證金，騎著車子在高雄閒逛，不知去那兒借錢的慌張。想著站在銀樓前拿著金子去賣換取小飾品，做為大嫂彌月之喜的難堪。想著幾番進出醫院的無助與茫然，想著這一路走來的酸甜苦辣。對他的感謝難以言喻，想著想著淚水仍然忍不住悄悄的流下，我不敢讓他看見。但是我相信他知道的，因為我也聽見他的擔心，只是，他是不是也能體會到我堅強外表下，強烈渴望他的疼惜與溫柔？

有一位朋友歡度結婚廿年紀念，他的先生問他要什麼禮物，她想了想，從前先生在追求他的時候，花招百出，甜蜜異常。於是他對先生說：「你不必送我什麼禮物，只要像從前一樣，含情脈脈的看我一會兒就好了」。先生看了半天，然後說：「饒了我吧！還是送你禮物來得實際。」

有機會與夫妻們分享時，我一定提倡每天要有肌膚相親，這可是在家裡面才有的特權，為什麼不做呢？每當我提到：「許多中年夫妻，說話時已經很少四目對看，通常只是用餘光掃射」，再加上我的動作，經常是惹得夫妻們大笑，我知道那笑聲、那眼神都是告訴我：「是的！我們就是如此。」的確，生活久了，一切都是太習慣了！愛一個人不難，難在每天都和同一個人談戀愛；每天都和同一個人談戀愛也不難，難在有「愛」，因為有愛才能在「對方的需要上看到自己的責任」，可難就在「愛」啊！

又想起有一次燙壞了頭髮，美容院的老闆娘很不好意思的說了一個故事給我聽，說是要補償我。

有一位妻子爲了要挽回已經淡淡的夫妻之情，一口氣買了三套衣服。晚餐過後，她穿出第一套在先生前面走來走去，問先生到底好不好看，光看報紙的先生頭也不抬的說：「嗯！很好看！」第二套也是同樣的結果，她氣得光著身體走出來，這回老公說話了：「親愛的，這套顏色還可以，可是兩個扣子別忘了縫緊一點！」

「愛」字收藏一顆完整的心，代表珍惜；「情」字依靠一顆站著的心，代表陪伴。

請你抱抱我

【91。09。18】

我喜歡擁抱，也喜歡被擁抱的感覺，所以每當外子到醫院來看我，即使很晚只能說兩三句話，我也會張開手來，抱抱他！山不就我，我去就山，不是嗎？即使我已經成為名副其實的少奶奶，我還是喜歡擁抱。

我也常常擁抱我的女學生，尤其是剛喪親的學生。每一次將她們擁入懷中，她們總會哭得更厲害，我知道那是一種安全感，也是一種幸福感，我會讓她們盡情的發洩。其實，在擁抱女學生的同時，我也常常淚眼相隨，我知道在我心底，那是一種遺憾，對於少年輕狂拒絕父親擁抱，來不及對父親說「愛你」的遺憾。

一位學生回來看我，看到客廳桌上擺著三份報紙，她說：「老師，我家也有三報」。我聽了心中覺得很好奇，因爲我知道他們小夫妻才開始奮鬥，怎麼會一口氣訂了三份報？其次，我之所以看不同的報紙，是因爲可以從不同的報紙立場、寫作風格中看到不同的東西，我也想知道他訂三份報紙的理由。於是我問她：「哪三報？」她甜甜的笑：「老師，你教過我的啊！早上出門前抱抱、回家時抱抱、上床睡覺前抱抱！我們家就是這三抱啊！」是啊！也許就是因爲這三抱，他們面對經濟壓力、教養問題、長輩壓力等問題，都還能笑笑而談的原因吧！

曾經訪問一位看似生活在幸福（高薪、兩棟房子、兩部車子、一雙兒女）的女人，她說：「你知道嗎？每一次人家誇獎我的美麗身材與智慧，我都是欲哭無淚的！心中在吶喊，假如真的像你們所說的那麼好，為什麼卻連自己的先生也不願意碰我呢？在開朗的笑聲之下，我並沒有絲毫的自信的；在幽默的對談中，你們是聽不到我寂寞的呼喚。你能想像那種身邊有人，但是卻沒有人可以談話；兩人睡在同一張床上，但是卻沒有一點肌膚相親的日子嗎？長夜漫漫，我聽到身體的呼求，那種暗自垂類的日子，你知道有多難熬嗎？」假如婚姻中只有責任，沒有溫暖與歡笑，那麼婚前一個人寂寞，結婚不就兩個人寂寞了嗎？婚姻最重要的，不就是陪伴、學習與成長嗎？

男：「我願意為妳做任何事情。」
女：「那先幫我一件事・讓我們回家吧。」
男：「不要醬說嘛！回妳家還是我家？」
女：「都有。你回你家，我回我家。」

「家」裡有隻豕（豬），能舒服自在才是「家」。

如果沒有愁過妳的愁

【91。09。19】

主治醫師看著病房裡的花與滿室笑聲，笑著對我說，你人緣真好，可以去競選了。我也笑著對他說，人緣好或不好，我希望不必用這種方式來證明。的確！平安就是福，簡單就是福。我演講時偶而會拿出一張大大的「福」字與人分享，我的意思是：什麼是福氣？福就是一口田，人人衣食無缺，心中有神(示)有信仰，再加上一口氣，就是福氣了。雖然肉體受苦，但是我覺得我也是幸福的，有這麼多人的關愛，教會弟兄姊妹的禱告，同事們的迴向與許願「她們到廟裏為我許願」，而這場病也讓我與大姑、小姑和表嫂的情感更為深厚，禍福相倚吧！躺在病床，有時還不免想到工作的樂趣與學生的笑容，想起職場上的一段「請假」的笑話：

病假：不准！我們相信，既然你能去見醫生你就有能力來上班。

送喪：這不成理由。去送喪不能給他任何好處，更不能使他回生。

長假（動手術）：我們不允許此事！你應避免興起動手術的想法，只要你是本公司職員你就不應該去除任何物！我們僱用你是你的全部，將你的一部份去除則不是我們當初所估價而得的。

死亡：這是正當理由。但你應該在兩星期前通知我們，因為教新手是你的職責。

大陸有句順口溜是這樣的：

握著老闆的手，我的感覺像隻狗；
握著小姐的手，我的心在顫抖；
握著情人的手，一股暖流在心頭；
握著太太的手，就像左手握右手，一點感覺都沒有。

但是外子與我都覺得我們是蒙神恩典有福之人，我們在職場上遇到的長官都挺好的，讓我們有一股暖流在心頭的感覺。因為他們不只讓我們有所學習與成長，也讓我感受到他們對我們的關愛與指導，最重要的是他們的「知」「用」，讓我們能夠在我們的專業上有所發揮，幾位前後任長官的關懷，讓我這場病還挺對不住他們呢。來一段員工與迷上「徐志摩的愛情故事」的老闆的對話吧！

員工：「許我多一些年終獎金吧！」
老闆：「妳向一個沒有半點年終獎金的人要年終獎金？對不起，我給不起！」

員工：「難道你無法掏一些出來嗎？」
老闆：「那就把我淌血的心掏給妳當祝福吧！我這兒再也掏不出什麼別的了！」
員工：「老闆，那我要離職。」
老闆：「妳走吧，別理我，讓我數著台階、喊著妳的名字，送妳出門吧！」
員工：「老闆，你太不體貼員工了，完全不顧慮我們的想法。」
老闆：「我如果沒有愁過妳的愁，思慮過妳的思慮，那我就不配當妳老闆。」
員工：「那就許我一個未來吧！」
老闆：「人頂重要的就是要活的眞。」

假如你有十分的能源，要將八成用在你本分的工作上，二成準備你下一個工作的。《王安》

Part 3 壓傷的蘆葦

壓傷的蘆葦，祂不折斷；
將殘的燈火，祂不吹滅。
祂憑真實將公理傳開。

有夢就要飛

【91。09。20】

因為秀珍還沒有出國，所以特別來接我出院。看著她對未來的喜悅與期待，也打心底祝福她，這兩年留職停薪的西班牙之旅，是一段豐豐富富的生命之旅。有人不解的問我，為什麼我願意在她申辦的過程中大力支持？主要是因為我看到在她眼裡的夢，看到她追尋夢想的渴望。有夢就要飛，既然她有勇氣，我為什麼不支持呢？

美國某個小學的作文課上，老師給小朋友的作文題目是：「我的志願」。一位小朋友飛快地在他的簿子上寫下他的夢想：「希望將來自己能擁有一座佔地十餘公頃的莊園，除了自己住在那兒外，還可以和前來參觀的遊客分享，莊園中有小木屋、烤肉區休閒旅館。」老師在這位小朋友的簿子上劃了一個大大的紅紅的「X」，告訴他：「我要你們寫下自己的志願，是實際的志願，而不是虛無的幻想！」小朋友反駁的說：「這眞的是我的夢想啊！我不願重寫，不願意改掉我夢想的內容。」那篇作文也就得到了大大的一個「E」。

事隔三十年之後，這位老師帶著一群小學生到一處度假勝地旅行，盡情享受無邊的綠草，舒適的住宿，及香味四溢的烤肉，這時莊園主人向老師走來，說他正是當年那個作文不及格的小學生，如今，他實現了兒時的夢想。老師望著這位園主，想到自己三十餘年來，自己從來不敢作夢的教師生涯，不禁喟嘆：「三十年來爲了我自己，不知道用成績改掉了多少學生的夢想！」

生命中，我們曾經錯過多少的夢想呢？只因為我們太習慣把夢想只放在心上放在腦裡，只因為我們太害怕改變之後的未知，不敢勇敢去飛，不敢放手去搏。

神對萬物都很好，有一粒小小種子希望成爲最美麗的花朵，它爲此向神祈求很久，神終於答應了。可是當它掉落土中準備發芽時，它心中拿不定主意，它不想成爲滿身帶刺的玫瑰，不想在荊棘中長大的百合，不想成爲沒有骨氣的菟絲花……結果當百花都凋謝了，這種子也在土裡腐爛了。

有沒有夢想還沒有實現？有沒有勇氣還沒有培養？有沒有能力還需要加強！不要讓我們的夢想就這樣腐爛了吧！

想得好是聰明的，計劃得好更聰明，做得好是最聰明而又最好的。《拿破崙》

第三統好

【91。09。21】

出院最怕看到的是母親。母親是傳統的台灣婦女，吃苦耐勞，看似柔弱，其實比誰都堅強。父親過世時，我半大不小，不知天高地厚自以為地球都踩在腳底下的青春期，她用最寬容的態度對待我的無知無理，她用最溫柔的言語對待我的自大自傲，這場病要屬她最心痛了！但是也屬她最給我壓力，她不多言語，但是她的眼光一定會隨著轉移關注；她不多叮嚀，但是她的行為一定會表現噓寒問暖。這無言的壓力才是最大的壓力，這場病，真是不孝啊！讓她老人家操心。

八十幾歲的她，耳聰目明，最喜歡拐彎抹角提醒我，比如說今天新聞有兒女不肖喔，真是不該（警告我要孝順耶）！或者說哪裡有竊案，都是因為糊塗喔（提醒我的大而化之）！她講了很多故事給我聽，記憶中最深刻的是：

有一個農人工作的太專注，以至於錯過了午餐，他想想，大女兒家就住在附近，於是他就到大女兒家。大女兒一看見他就熱情的歡迎他，並說：「爸！你怎麼這麼不夠意思，吃完飯才來，以後要來我們這裡吃啊！」他一聽，大女兒並沒有問他吃過了沒，只好笑笑，坐了一會兒，就藉口告辭。在回家的路上，轉個彎就到二女兒家，或許應該到二女兒家去去。他就朝二女兒家去。果然，二女兒也像大姐一樣，以熱情的態度歡迎他。並且說：「老爸！你就是這麼不夠意思！總是到大姐那裡吃飯後才來，讓我一點機會都沒。」後來有人說他好有福氣，兩個女兒都在身邊，但是他一定說：「我第三乁統好」！媽媽笑著說：「聽好！我說的是台語「第三統好」喔！」然後，一方面以手放入口袋，我才恍然。原來老人家的智慧在此，放在口袋的是最好的，就是「第三統好」（台語）！

這可真符合我對老年人的了解：金錢與安全感的關係呢！不過我知道，我這次出院，她一定不會說「第三乁統好」，她還是會覺得健健康康的我統好！

我的母親絕對也有這種智慧！只是我這場病，真是讓她操心了！一直跟學生說健康是一種道德，也是對愛我們的人一種責任，只是這次我太不負責了！

在兒童的心靈中，母親就是上帝的名字。《塔克里》

向生命撒撒嬌

【91。09。22】

六月我才通過高雄師大成人教育研究所論文口試，六月底同事拿了高中職校長甄選簡章，鼓勵我試試看。憑著一股衝動希望將自己所學應用在教育行政上，我真的一時衝動去參加考試了，也幸運的通過了。但剛通過高中職校長甄選第一階段，卻發現乳癌已經悄悄上身，並且還是第二期，九月進出醫院切除、還可能要經過六次化療！也許這正是我要修「休息」這門課的時候了！

拿出當時去考校長的部分資料，實在覺得自己勇氣可嘉。也真的感謝在那段過程中指導我、鼓勵我的人。其實落榜本是意料之中，但是一路下來，印象最深的是到台北考試時，我所不認識的承辦人對我說聲：「你來啦？」我狐疑的問：「我認識你嗎？」他說：「不認識，但是我們都看了你的考卷。」他這番話給了我極大的鼓勵。

是的！迄今我仍覺得寫得不錯，但這並不是以評審老師的角度說的，而是因為我將我卅年的教育經驗心得的真正想法所寫出來的。我寫到：「韓國紅魔鬼啦啦隊令人激賞與心動，教育界的啦啦隊在哪裡呢？」我也寫到：「為教育園地而努力。我也許無法做得完全，但是我是盡心盡力，在不確定的年代裡，我正在做我確定的事。」不過，這樣的經驗有過一次就夠了，因為在進入口試會場之後我就懂了，我也清楚自己該怎麼走了！但是這真是一次美好的經驗！

有人傳了一個故事給我，她說，這很適合我。因為我是夜貓子，越夜越美麗；我是工作狂，越忙越清醒；我是重口味，越辣越過癮。這次生病，再看一次，果然！很適合我：

神給我一個任務，叫我牽一隻蝸牛去散步。我不能走得太快，蝸牛已經盡力爬，每次總是往挪那麼一點點。我催牠，我唬牠，我責備牠，蝸牛用抱歉的眼光看著我，彷彿說：「人家已經盡了全力！」我拉牠，我扯牠，我甚至想踢牠，蝸牛受了傷，牠流著汗，喘著氣，往前爬。眞奇怪，爲什麼神叫我牽一隻蝸牛去散步？好吧！鬆手吧！任蝸牛往前爬，我在後面生悶氣。咦？我聞到花香，原來這邊有個花園。我感到微風吹來，原來夜裡的風這麼溫柔。慢著！我聽到鳥叫，我聽到蟲鳴，我看到滿天的星斗多亮麗。咦？以前怎麼沒有這些體會？我忽然想起來，莫非是我弄錯了！原來是神叫蝸牛牽我去散步！我終於體會牽一隻蝸牛去散步的滋味。原來，「休息是必要的」，我得趁這個機會向生命撒撒嬌囉！

人情冷暖忘憂念，世事滄桑帶笑看。

相挺的朋友與可敬的對手

【91。09。23】

記得曾經有人對我說過：「女人在職場，容易把男人當朋友，但男人卻把女人當對手。」其實這句話把性別上的差異說得清楚，覺得女人比較重視分享，男人比較重視權力吧！

不可否認的，在這社會上因為性別差異而引起的歧視與誤會處處都有，我的職場生活中也有被歧視的經驗，但幸運的是我都遇到好同事，而這其中的差異，不是在性別，而是在人格特質吧！我喜歡我的朋友們，不論男女。

記得大學畢業之後，求職過程中只要老闆聽到我已婚，臉部的線條總是比較嚴肅，笑容也比較僵硬，我想大概大家的刻板印象是已婚的女人瑣事較多，情緒比較不穩定吧！但是以我的職場經驗來說，雜誌社工作時，我們一夥人擺上火鍋，誰餓誰吃的一路趕工到天亮；在電子公司工作時，為了趕出貨時間，深夜返家的一群人中不少女同事；為了趕製學校錄影簡介，小汪與明誌老師我們三人待在剪輯室到天亮；與富清老師夜裡趕工錄音的記憶猶新。我想我是幸運的，遇到好夥伴，我們都有這對工作的熱愛與執著，我喜歡一起完成工作的感覺，這並不因為性別而有所不同。

外子對工作的敬業精神更甚於我，新婚之初就看得出我對工作的熱愛，時時鼓勵我：「不是把事情完成而已，還要把事情做好。」所以在職場上，該我負責的，他絕對支持與鼓勵；風言風雨的誤解，他一定陪我禱告，因為「人看人是看外表，神是看人內心的」。所以，這次雖然生病，但是病前承諾的簡報，在富清老師的千金一諾、大力協助下，我們也趕在期限內如期完成，愉快的不只是完成，而是完成後的滿足。

越戰時，美國最高統帥魏摩爾將軍檢閱傘兵時，一一詢問他們的體驗感受。第一位傘兵毫不考慮地脫口而出：「我愛跳傘！」第二位傘兵也是亢奮熱情地說：「跳傘是我生命中最重要的經驗！」。魏摩爾將軍頻頻點頭，覺得美軍的士氣高昂。到了第三位傘兵，哪知答案竟是：「我不愛跳傘。」氣氛大變，魏摩爾將軍很不解地問：「那你爲什麼選擇當傘兵呢？」這名傘兵面不改色地回報：「我希望和這些熱愛跳傘的人在一起，他們可以改變我。」

是彼此相挺的朋友也好，是可敬的對手也罷，即使兩性的差異仍在，兩性的笑話從來沒有停止過，我感謝所有曾經與我共識熱愛工作的人，這是不論性別的，衷心祝願兩性的世界越來越美好！

先做人，再做女人或男人！《呂秀蓮》

數十年如一日？不難

【91。09。28】

記得多年前有一次與同事們聊天，有一位比較年輕的同事對「資深優良」這字眼很不以為然，另一位同事突然開口說：「資深一定優良，至少身體要優良，才能領得到資深優良獎啊！」語畢，大夥紛表同意，我今更有感觸。

今年校長何明堂先生獲得總統頒發春風化雨四十年獎，能夠在教育界服務四十年實在不容易，大夥兒決定聚一聚為校長慶祝。這位長官是我在職場上極為佩服與感動的一位。數十年如一日，不難，難在數十年的工作精神都像上班的第一天一樣兢兢業業。這位校長前年才奉派到校，當時我曾經就我的觀察寫過一篇短文刊載於聯合報：

本學期學校來了一位新校長，爲配合招生宣導，需要重新製作學校簡介。當承辦人將草案送給校長看時，校長特別指示在學校沿革上，對於歷任校長在學校的貢獻與事蹟要多所著墨，不宜一筆帶過，因爲每一位校長都有他的用心。讓承辦人敬佩他的胸襟與體貼。不僅如此，爲祝賀新任校長就任新職，不少社會賢達人士贈送了非常多的盆景與蘭花。校長把這些盆景與蘭花分送各處室各科辦公室，希望每一個辦公室增加一些美麗。

兩個月過去了，蘭花也開始凋謝了，過去從來沒有人努力去思考這些蘭花要怎樣的處理，好像總就是不了了之。沒想到這次可就不一樣了。校長夫人說：「所有的東西都要用到全校師生身上，不要輕易丟棄。」對於園藝深有造詣的校長夫人，不但親自到各辦公室修剪蘭花，把鐵絲、緞帶、夾蘭花用的夾子細細的收拾起來，並且親自花了一個下午與工友一起用廢棄的紗窗網子，將蘭花的根種到已修剪的大樹上，她說：「明年春暖花開時，我們一定會有一個美麗的校園。」

如果每一位教育工作者都能以惜福惜物的心對待我們週遭的人事物，身教的影響將不只是環境的美化，也必然深深影響著我們的下一代。

果然，今年的校園，蘭花開遍，走在校園裡頗有校園公園化的感覺！

學生記得老師，但是不一定記得校長的作為，而老師們可能只看到主事者的缺失，卻沒有感受到許多細膩！校長要多少對教育的愛才能持續？去年高中職校長甄選簡章出爐時，一時衝動去參加甄選，其中原因之一是，看到校長對教育工作的紮實與努力，感受到校長對校園師生的影響！衷心祝福這位教育工作者，盼他領取四十年春風化雨獎之後，依舊平安喜樂！

真正智慧是知道最值得知道的事，去做最值得做的事。《漢符理》

用人不疑 疑人不用

【91。09。29】

與朋友吃飯聊天是我紓解壓力的方式之一，所以懂我的人更在我生病之後都會挑間餐廳讓我滿足，這天當然也不例外，挑了一家我不曾去過的餐廳一聚。我所點的餐，竟然因為材料不夠而無法提供，失望之餘，卻有著出乎我們意料的經驗。服務生對我致歉，並主動承諾餐後提供一份甜點，在上甜點時，卻同時送了兩份，他說：「因為如果只送您一份甜點，您的朋友將無法享用到，只能看著您吃，所以我想您兩位都有甜點，用餐會更愉快」。

這次的經驗讓我真的很感動！第一，因為無法滿足客人的需求而主動提供服務；第二，提供服務時還注意到另一個人的感受。最重要的，我佩服不曾見過面的老闆，他可以授權給他的員工，這是何等的眼光與胸襟。

一些事沒人做，一些人沒事做，沒事的人盯著做事的人，議論做事的人做的事，使做事的人做不成事！

於是，老闆誇獎沒事的人，因爲他看到事做不成。訓誡做事的人因爲他做不成事！

於是，一些沒事的人總是沒事做，一些做事的人總有做不完的事，一些沒事的人滋事鬧事，使做事的人不得不做更多的事。

結果，好事變壞事，小事變大事，簡單的事變複雜的事。

品管大師戴明曾經指出西方企業經營的六大「死罪」(deadly sins)之一就是只用可見的數字，其實，真正的資產如員工的專才、市場佔有率、信譽等等才是最重要的。如果員工的努力都得不到掌聲，將會忘記自己的工作的重要性，所有的工作都變成例行工作，裡面沒有心。員工只有當他的貢獻受到肯定與尊重時，才會有忠誠而勤奮的表現，也才能夠釋放出潛力，做出最出色的演出。

王先生平常很吝嗇給人讚美或掌聲。有一天他發現到有一道烤鴨只有一條腿。於是他問他太太：「爲什麼只有一隻腳？」。他太太說：「有什麼好奇怪的，我們家的鴨子都只有一隻腳呀。不然你自己到池塘去看。」他跑到池塘去看，由於鴨子正好在睡午覺，都縮著一條腿，只用一條腿站立。王先生靈機一動，朝鴨子棲息的方向很用力地鼓掌。鼓掌聲把鴨子都驚醒，紛紛把縮著的那隻腳放了下來。

「你看吧，牠們不是又恢復兩條腿了嗎。」他得意地把這經驗告訴他太太。

「就是啊，如果你想吃有兩隻腳的烤鴨，也請來點掌聲吧！」太太回答。

你若不想做，會找到一個藉口；你若想做，會找到一個方法。《阿拉伯諺語》

一塊錢的浪漫

【91。10。04】

每一個人在他的心靈都有一個秘密花園，在生活上也有他最懷念的地方，可以讓他紓解壓力，獲得安靜的地方。我自然也不例外，墾丁就是我百去不膩的地方，每一年都要去上好幾次。這回痊癒後，最想去的當然是墾丁了。

廿多年前，米章、義福和我們三對新婚夫妻，在墾丁活動中心掏心掏腹的把每個人成長的酸甜苦辣談過一遍之後，感情從此奠基深厚，不只如此，夫婦團契後來更增多幾對，大家跌跌撞撞廿多年，每一次風雨都讓我們的友情更為堅定，只是人到中年真是到了三明治時期，如果不是老人家生病，就是遇上青春期叛逆的孩子，真是哀哀中年啊！人到中年，看法寬了，想法多了，體力少了，耐力強了，相聚時間卻少了，非得要特別撥出空來才行，這次生病體會最深的，就是一定要定期抽空讓自己在悠遊在藍天碧海中。

想著當初大夥都沒有錢，大家提著行李，坐著一兩小時的公車來到墾丁，相較於現在為了夫妻工作需要，每家兩部車子的情形，不知該感恩我們現在所擁有的，還是感慨過去曾有的苦難？但是有錢與沒錢都可以擁有屬於自己的浪漫，只要有愉悅的心，也都有各自的玩法呢！

沒錢的浪漫，可以牽著手漫步在滿佈白沙的海灘；
一元的浪漫，可以在冷清的公共電話亭旁撥通電話關心妳；
十元的浪漫，可以在炎熱的夏日買支冰棒讓兩人消暑解熱；
一百元的浪漫，可以在寒冷的夜晚買份關東煮溫暖手心；
一千元的浪漫，可以陪逛街買對方喜歡的東西；
一萬元的浪漫，可以買個手機，讓倆人幸福的聲音零距離；
十萬元的浪漫，可以飛往所嚮往的國度渡假；
一百萬元的浪漫，可以買部跑車四處兜風遊玩；
一千萬元的浪漫，可以許諾一個生活無匱的未來。

心靈純潔的人，生活必充滿甜蜜與喜悅。《托爾斯泰》

誰是名醫?

【91。10。08】

小姑向來做事俐落，就是對我的病情也是關心有加。對於我有沒有必要接受化療一事，希望我能夠得到最好的醫療資訊。但因為屏東開刀的醫院並沒有化療的設備，所以只好往高雄的大醫院跑，錦芬就開著她的車子一天之內趕了兩家醫院，晚上還帶我分別到一位在家看診的醫院，另一位中醫教授家。而大姑的頻頻關心時時叮嚀，也讓我感動不已，這場病真是讓我們的情誼更增添幾許！

有位醫生說為了我好，可以自費五十萬元作某種基因治療，當場聽到外子說：「只要能夠保證有效，我都願意」；也有位醫生說：「我們這兒什麼都有，有小紅莓、有小藍莓，看你要什麼？」，就好像化療超級市場一樣，任我選擇；有位醫生很專業很明白的說明，卻絲毫不帶情感，只看到病沒看到人，沒有看到我的惶恐。這些都不是愉快的經驗。然而不管怎樣，我都必須要做一個抉擇，但是誰是名醫?我要不要做化療?到哪兒去做?在在困擾著我！我究竟要良好的醫病關係，還是人人口中的名醫?真是兩難啊！

有一個皇帝想要整修在京城裡的一座寺廟，他派人去找技藝高超的設計師，希望能夠將寺廟整修成美麗而又莊嚴。有兩組人員被找來了，其中一組是京城裡很有名的工匠與畫師，另外一組是幾個和尚。由於皇帝沒有辦法決定到底哪一組人員的的手藝比較好，於是決定先要求這兩組人員，各自去整修一個小寺廟，三天之後，皇帝要來驗收成果。

工匠們向皇帝要了一百多種顏色的漆，又要求了很多的工具；和尚們居然只要了一些抹布與水桶等等簡單的清潔用具。三天之後，皇帝來驗收兩組人員裝修寺廟的結果，他首先看看工匠們所裝飾的寺廟，工匠們用了非常多的顏料，以非常精巧的手藝把寺廟裝飾得五顏六色，皇帝很滿意地點點頭。

和尚們負責整修的寺廟，他一看之下就愣住了，和尚們所整修的寺廟沒有塗上任何的顏料，他們只是把所有的牆壁、桌椅、窗户等等都擦拭的非常乾淨，寺廟中所有的物品都顯出了它們原來的顏色，而它們光澤的表面就像鏡子一般，無瑕地反射出從外面而來的色彩，那天邊多變的雲彩、隨風搖曳的樹影，甚至是對面五顏六色的寺廟，都變成了它美麗色彩的一部份，皇帝被它深深地感動了。

也許決定並沒有想像那麼困難，複雜的生活簡單化，複雜的決定簡單化，我決定在基本醫療的條件充分下，靠著感覺走，因為張宏泰主任視病如親，我決定就在榮總接受化療。

執拗的人並不擁有意見，而是意見擁有他。

我的身上種下什麼？

【91。10。15】

今天住院要在左前胸置入人工靜脈，心裡頭是七上八下的，倒不是因為手術本身，而是因為從今以後我的身上要種下人工靜脈直到生命終了的日子，又聽說人工靜脈每個月都要去通，有時候還會不通不通的，挺麻煩呢！但是又何奈？既然決定要化療，血管又不爭氣，小不隆通的，只好靠著人工靜脈來疏通了。

這是兩個月來第二次躺在手術台，還是覺得手術台太冷了。不過大醫院就是不一樣，我們還躺著排隊呢！隔壁是年輕的小姐，我看到她臉上充滿了恐懼，原來她不只是乳癌患者，還懷有身孕，心裡的害怕自然流露，我心裡禱告希望她一切都好，畢竟她還年輕，還有一段漫長的路要走，我了解她的恐懼裏不僅僅是對疾病的恐懼，也是對未來的恐懼。

看著她，想起自己年輕的時候，曾經為了不孕的問題進進出出醫院多次，心情隨著體溫的上上下下而起伏，每天每月的等待就像等待判刑的犯人一般，直到有一天，外子跟我說：「我不想為了創造一個生命而殘害了你的身體」，我從此獲得了「假釋」。對於外子的體己其實是終生感激的，期間雖然常常面對關愛的言語「你們不要只顧自己玩，也要想想傳宗接代的事」，也常常面對恐嚇的話「如果你們不生個小孩，以後老了會很淒涼的」，其實最奇怪的是，好像沒生個娃兒，我就犯了七出，那時候的自責恐懼是花了很大的功夫才釋懷的。

「你們沒有業障，所以不必還債。」「神要你們愛更多的人。」這都是當時最能安慰我的話。所以，歷經了不孕的醫療與後來幾次身體不適進出醫院的經驗，我深深體會身為女人要放得下這傳統所加諸身上許多的角色是極為不容易的，這其實也是我為什麼特別心疼我們女人，對於婦女團體的邀約我總是義不容辭，因為我在她們的故事裏看到自己的心情，我在他們的淚水裏看到自己的故事。

希拉蕊演講時，曾引用印度一所女中時看到女學生所寫的一首詩：「太多女人，在太多的國家，講一種共同的語言：沉默。」不過，她也略作修正：「太多女人，在太多的國家，我只想忘記我祖母沉默的悲哀。」我選擇不沉默。

我身體植入的東西不只是人工靜脈，我覺得也植入了我某些的責任。

當毒藥進入身體

【91。10。16】

雖然已經裝置人工靜脈，但是因為傷口還在紅腫，難免有所擔心，也就接受護士小姐的建議，這第一次的化療還是由左手注入。眼睜睜的看著所謂的毒藥進入身體，會是怎樣的感覺？整個人是如此的警覺與煩躁！

一個囚犯的故事突然很清楚呈現在腦海中：為了心理實驗，將囚犯蒙起眼睛，並且用刀背在手上畫上一刀，然後以水滴桶，暗示是他的血，果然他就這樣活生生的被嚇死了！當我看著護士帶著手套注入小紅莓時，真的覺得自己就像那個囚犯，生命正在一點一滴的流逝。說不害怕是騙人的，但是心裡禱告總也平安以對。

有一個小鐵塊，被丟到火裡去，熱得好難過，於是便請求火燄稍微降低一點的溫度呢，火燄經不起鐵塊的聲聲喊痛，終於答應降低溫度。不久後，鐵塊被人由火堆裏取出放在鋼板上，開始被鐵鎚給一下一下地重重敲打，受不了了後，便再度開口：「請將捶打的速度再放慢一點，擊打的力量再輕一點，讓我少受點苦吧！」鐵鎚也經不住鐵塊的苦苦哀求，也答應照做。可是鐵塊沒經過多久他就滿身是鐵鏽地回到原廠。當他再次看到工廠一角的火燄與鐵鎚時，他不禁感慨：「我現在才瞭解，生命中有某些過程是不容逃避的，逃避了它們，生命也將隨之腐朽。」

是的！生命中有某些過程是不容逃避的，逃避了它們，生命也將隨之腐朽，也許面對這些困難是我生命中的必修課程！無法逃脫！

年輕人遇到老教授，傾訴目前遭遇的苦楚，老教授望著年輕人，語重心長地道：「孩子，在白天，我們所能看到最遠的東西，是太陽；但在夜裡，我們卻可以見到超過太陽億萬倍距離以外的星體，而且不只一個，數量是多到數不清的。」

目前也許是我生命中灰暗時期，只是怨天尤人，或者惶惶終日，都只是可惜了生命。重要的，是我能夠從這樣的經驗中看到什麼，體會到什麼，有什麼樣的學習？當三劑打完已是晚上，立刻收拾行囊，轉往屏東的醫院療養，途中，談笑風生依舊，心中疑惑仍在，只因不知明日將有什麼改變？！

世間沒有不含些許心酸的歡樂。《巴爾札克》

我的賺錢哲學

【91。10。17】

許多跟我熟識以後的人都詫異的覺得，看起來精明幹練的我，原來是比較像生活白痴的。我的大而化之，不只是用在生活上，其實對自己的身體也是少有注意，多有輕忽。跟我生活的人可真是要很忍耐我的，因為我自有一套「賺」的哲學。

有天高師大下課後該回屏東，卻誤坐到楠梓，只好下車、候車再轉車回家。雖然坐錯車，我卻仍是口氣非常快樂覺得，我今天可是賺到旅遊啦！我從來沒有到過楠梓火車站ㄌㄟ！免費坐到楠梓啊，若非如此怎麼會有機會到楠梓呢？

我覺得「賺」的哲學為我們家賺了不少錢，比如說，去吃碗麵，把眼鏡忘在麵店，過兩三天想到時，居然能夠找回來：「哈！看我又賺了幾千塊！」

不只如此，有時候我還會「賺」到流行！有一個下雨天，回家脫下雨衣後，突然發現右耳的耳環不見了，因為那是我最喜歡的一對耳環，所以很沮喪。到了晚上照鏡子時，沒想到一抬頭，卻看到左耳朵居然掛了兩個耳環！老天！大家都笑岔了腰！我實在不服氣，到了晚上試圖再把兩個耳環放進一個耳洞，卻發現任憑怎麼把耳朵拉長，居然都無法辦到！人嘛！總不是什麼都懂，生活嘛總是要有些幽默！

在市場可有這樣的對話呢！

「我要吻仔魚煮粥哩！有沒有小的魚？麻煩你先幫我處理一下，不用太麻煩，去頭去尾再幫我切三段就好了！」

「聽說吻仔魚煮粥好吃，……老闆，來兩尾。」

「老闆，那來個十尾吻仔魚，順便幫我將魚肚拿掉，我不要魚肚啦！」

有天魚販語重心長的將那對這些的情況詳細道出，感嘆年輕人的無知，沒想到……對方回答說：

「唉～～，現在的年輕人也真是的，連這點常識也不懂…怎麼會這麼無知呢！這吻仔魚只要去鱗就可以了，那用這樣麻煩！」

所以，當探病的人注意到我左手腫脹時，我居然還看不出來，經她這麼一提，果然已經腫成一倍半了！感動於她的細心，倍覺溫暖！人吶真的很奇怪！看起來最不會照顧人的人，卻有著最細膩的心思觀察著、有關心著周圍的人的能力；而我，看起來挺會照顧人的人，卻是最會忘記自己！是不是在潛意識裏，我有著面對自己的逃避心態，故意忽略自己的身體呢？我思索著！

幸福，是一種習慣、一個小動作、一種思考方式、一項反應行為，日積月累之後，讓你在不知不覺中向幸福接近。

撐死、餓死和怕死

【91。10。18】

如果家裡有一個人生病，不僅僅是家裡每一個人的作息會改變，對於醫療的選擇、醫療的方式甚至於醫療的地點都會有許多不同的意見。有人建議中醫、有人說西醫好；有人說一定要聽醫生的話，有人說開刀會見光死；有人說到高雄榮總，就會有人建議到長庚，總之，如果一切順利也就罷了，假如有個什麼閃失，建議的人恐怕不只要面對親友的責難，還要面對自己無以復加的愧疚。這也是我為什麼在開刀前，一再跟家人說，這是我自己的決定，我自己負責的原因了。

我記得在這一天裡面，我就分別於不同的時間聽過三種不同的建議，有人說：「你不可以吃牛羊肉」；卻也有人建議要多吃紅肉，不可吃雞肉；有人說：「你不可吃魚，那是一般病患所吃的，我們罹癌的人是不可以吃的」，卻也有人說：「不要吃肉，吃魚就好」；有人說：「你一定要吃生機飲食，要吃素」，卻也有人說：「千萬不可吃素，體力不濟」！

有位老師進了教室，在白板上點了一個黑點。他問班上的學生說「這是什麼？」大家都異口同聲說「一個黑點。」

老師驚訝的說：「只有一個黑點嗎？這麼大的白板大家都沒有看見？」

晚上我坐在病床上，看著周遭的營養健康食品，心裡頭想：生病的人不是撐死、餓死就是怕死！因為大家的關心，有著許多建議，這個要吃那個也要吃，所以會撐死；因為大家的關心，有著許多的擔心，這個不能吃那個也不能吃，所以會餓死；因為大家的資訊提供，所以會怕死！撐死、餓死或怕死，真只能三選一嗎？我還有沒有別的選擇？

有位富翁請大畫家爲他畫代表富貴的牡丹一百朵，取畫時發現九十九朵盛開的牡丹外，角落的一朵卻是缺了邊，他一怒之下說：「這豈不是富貴不全嗎？」所以不想取這畫了。沒想到他的妻子在旁邊對他輕聲說：「這叫富貴無邊啊！」

人生擁有的，是不斷的抉擇，端看您是用什麼態度，去看待這些有賴您的決定。但是決定之後，就不要去悔恨！每個問題都有的正反兩面，內心最深沉的恐懼，也在所有狀況明朗了解之後，將會自行化為烏有。

做難做的事，要有力而無怨；處難處的人，要有知而無言。

幫我擦窗戶的人

【91。10。19】

這次化療美月陪伴我，我的病也來得是時候，因為她的退休給了我機會，讓她照顧我，在醫院相處的時間裡我更從與她的分享中學習更多，這樣的情分真是難以回報！工作至今，還沒有「陣亡」的原因之一是我有美月在工作上的協助，而她也正是我最重要的輔導老師，當我無助時，沮喪疲憊的時候鼓勵我，在我需要協助的時候拉我一把，給了我持續的力量，為我分擔認輔個案，最重要的是她的直言直語，常常讓我看到我的缺乏，讓我有機會更認識自己。

如果沒有細細的心思，沒有長長的談話，很難看出她溫柔裡面的堅強與智慧，也很難體會她言語裡面的豁達與樂觀；在工作上，說她是我的典範並不為過。因為她不只是「標準」準時上下班，無論有沒有課，都在辦公室裡，準備教學資料。先是剪報與參考專業資料；後來學會了投影片的製作，開始將所有的教學資料轉換成投影片；再後來又學會了電腦，利用電腦做了更細緻的教材，我嘴巴不說，心中的敬佩難以形容。以她的教學年資，多少人已在準備「休息」，而她卻不斷更新她的教學資料；多少人抗拒電腦，她卻由一指神功慢慢學習，她的工作精神深深地影響著我！退休後電腦更為精進了！

她的長子小飛服役時殉國，在那一段期間，縱使平日獨立樂觀，也不免讓我心疼不已，我看到一個堅強的母親，如何強忍悲痛，化悲慟為力量，將撫卹化成大愛，不僅成為永久的認養人，認養了國內外不同國家的孩子，更成為殘障協會的義工，閒暇時為殘障朋友獻上時間金錢。這份堅強與大愛，更是值得我學習。

「那個女人的衣服，永遠洗不乾淨，看她晾在院子裡的衣服，總是有斑點，我眞的不知道，她怎麼會洗衣服都洗成那個樣子……？」有個太太多年來不斷抱怨對面鄰居的太太很懶惰！直到有一天，有個明察秋毫的朋友到她家，發現不是對面的太太衣服洗不乾淨。細心的朋友拿了一塊抹布，把這個太太家窗户上的污漬抹掉，說：「看，這不就乾淨了嗎？」原來，是自己家裡的窗户髒了。

我的朋友美月就是讓我看見我窗戶髒了的那個諍友！因為她講話很直接，常常覺得活到這年紀，能夠聽到真話的機會不多，能夠擁有說真話的朋友更是難得，我何其有幸與她為友！

友誼如燭光，當四周漆黑之際最為顯亮。《克勞威爾》

愛我，不要同情我

【91。10。25】

今天人事室昭娟幫我把申請的殘障手冊拿回來了，她們說我為學校解決了一個問題，讓她們鬆了一口氣呢！因為一位領有殘障手冊的同事退休，影響了學校聘用殘障人士的名額，她們必須在期限內趕快作業。要不然，恐怕校長要扣薪水，她們要被處罰，而且還要趕快作業再招考殘障人士哪！所以呢！這張殘障手冊證明來得正式時候呢！我們笑著談著，突然有人說，哪有人像你們這樣，笑著領殘障手冊？

的確，我想起多年前去訪問一位機關首長。他面色凝重的跟我說，他因為割除了一個腎，根據勞保規定領了一筆錢（記憶中約四十萬吧！）可是當他領到這筆錢時，他大哭了一場，他不知道今生他會變成殘障人士，這是他很不能忍受的一件事。他苦笑的跟我說：「很難過的心情，你不妨想像一個五十幾歲的人為了他的遭遇而大哭，那是怎樣的沮喪啊！」沒想到多年後的我，也因為淋巴的切除，右手多所不便，也擁有了一張輕障手冊。其實輕鬆以對，並不表示我沒有感受，在家中的黑板上，大大的紅字「10／25我成了殘障人士」。我提醒著自己。

有一個駝背的男孩，已經習慣了別人看他的眼光，所以在公共場合，他總是保持沉默，躲在一旁，但是他畢竟是孩子，還是喜歡到公園去玩耍。

這天他到了公園溜滑梯，他感覺到一個女孩，一直一直得看著他，他感覺不舒服，但是因爲異樣的眼光已經成爲他生活中的習慣，所以他也只好接受。

沒想到，這個女孩竟然走到他的面前，很直接指著他的駝背的問他：

「你知道這裡面裝什麼嗎？」

他不知道該怎麼回答，他只得搖搖頭。女孩子接下來說：

「我告訴你喔！這是你下凡時，忘記繳回的翅膀！」

有著身體殘障的人，的確需要很多協助與激勵，但是不代表心靈的殘障；但是沒有領有殘障手冊的人，如果也能夠惜福並多一點體諒的心，那才真是一件美的事啊！人事室三位小姐在九月我去請假，聽到我要開刀時，連袂到輔導室並且抱著我痛哭一場。我知道她們的不捨，靜美更是說，因著我的病與態度，讓她有了更多的體會。其實她們不知道的是，她們的關懷與陪伴，也使我有了更多的生氣與活力。

你手若有行善的力量，不可推辭，就當向那應得的人施行。《聖經》

靠近的是什麼人?

【91。10。28】

因為要參加輔導團會議，明天早上搭八點零六分的莒光號到新營，對於這個會議我有許多的期待，因此雖然有許多的人勸我，才做完化療，不要急於加入工作，他們並不明白，與有著同樣熱誠的人共聚一堂，為同一目標而努力，是一件極美的事，我相信也有助於我的復原。

忘了第一次見到輔導團團長楊茂壽專門委員是什麼時候了，卻是訝異於他主持會議的功力與效率，簡潔扼要並且充滿幽默，不僅如此，能夠當場解決的絕不拖延，不能當場解決的，會給個時間與方式，整個會議相當有節奏感，像一首美麗的詩！無論是工作心得的分享與檢視或是工作的瓶頸與展望，大家都因著對他的信任而暢所欲言，讓我深深體會輔導所說的：分享是加倍的喜悅，分擔是減半的痛苦。這樣的工作團隊，任何一次會議我都不想錯過呢！因為這樣的研習會是加油站！

有四個學生想知道人參果的味道，於是分別拜訪了當年吃過人參果的唐僧師徒們。第一個人回來後，說：「人參果的味甘甜鮮美，很好吃。」第二個人也附和說：

「的確如此。」第三個人連連點頭，同樣表示贊成。第四個人卻有不同的意見：「你們說的都不對，人參果吃來滑溜溜，沒有甚麼特別的味道。」

這人和大家爭論不休，最後跑到夫子那裡討公道。

夫子想了一下，便問：「你們是向誰請教的？」第一個回答：「我問唐三藏。」第二個回答：「我問孫悟空。」第三個回答：「我問沙悟淨。」夫子問第四個，「那你呢？」「我問的是豬八戒。」老師微笑說：「這就難怪了，當初豬八戒是將人參果囫圇吞下肚子裡，牠怎麼能說出眞正的味道呢？」

所以囉！在這樣的會議中是一種快樂的學習！典範只能向典範學習！

記得從前在企業界工作時，吳副總曾經告訴我，開會就是一種教育。輔導團的會議讓我也有所學習，愈成熟的麥穗，愈懂得彎腰，同樣的愈懂得彎腰，才會愈成熟。楊團長的學習到謙虛態度與耐心溝通，令他的專業表現，更添光彩！

每一個人都是一本書，重要的是你知道如何去讀他。

髮飛髮舞髮滿天

【91。10。29】

學輔導的人是不是都有一顆敏銳的心與體貼的情呢?自我得病以後，我從不隱瞞我的病情，因為我覺得隱瞞是極重的壓力，我也總是誠實的面對。由於正值白血球降低的時候，我帶著口罩開會，難免引人側目!結果聖母護校輔導主任知道我的病情之後，將別人贈與她的蜂膠立刻轉贈給我，素昧平生讓我覺得受之有愧，也將手邊正在看的一本書回贈。在這樣來來往往中，心中的溫暖自不在話下。

朋友在我化療後的第十一天(也就是前天)打電話給我，劈頭就問:「你開始掉頭髮了嗎?」我還開玩笑的說:「據說每個人的體質不同，說不定我就是屬於少數不掉頭髮的人呢!」

沒想到晚上住在山芙蓉酒店的套房中，卻突然發現只要手一摸著頭髮，就一撮一撮的掉了下來，吹風機一吹，頭髮就滿天滿地的飛著，真的!若不是因為心裡已經有了準備，知道該來的日子終於來了，看到髮飛髮舞髮滿地還真會緊張呢!

我趕緊拿出照相機，為浴室地板上零零落落的頭髮留下紀錄。但是我卻不敢再多摸幾下，因為明天還要開會，不好看呢!美國詩人約託·畢林茲有句話說「

令我們煩心的都是些雞毛蒜皮的小事。我們躲得了一頭大象，可是卻躲不了一隻蒼蠅。」我可不要讓頭髮來煩心，決定明天回家就理光它！

有一天，一個失戀的人在公園哭泣，這時一位哲學家走來。輕聲的問他；「你怎麼啦？爲何哭的如此傷心？」失戀的人說：「因爲我好難過爲何他要離我而去？」不料這位哲學家卻哈哈大笑，說：「傻瓜！你眞笨！這根本就不用難過啊！眞正該難過的是他！因爲你只是失去了一個不愛你的人，而他卻是失去了一個愛他的人及愛人的能力！」

也許我該這麼想，從此我有機會變化自己，變化心情了！決定明天理光頭之後，買頂最炫的假髮，讓自己亮起來！

流螢只在飛行時發亮，心智也是如此，當我們停頓，生命變成暗晦。《貝力》

我是「絕頂」美女

【91。10。30】

會議結束回屏東的第一件事，就是請外子帶我到男生理髮店去把殘餘的頭髮理光。出發前，我還特別帶著照相機，叮嚀外子在剃四分之一、二分之一、四分之三和全光的時候，一定要好好的照。我可是難得理光頭，一定要保存著這樣的紀錄才好，雖然他不習慣，我也了解那心情中有諸多不捨，但他也隨著我在理髮廳裡玩得愉快，我們才發現光頭也要吹頭髮，喔！不！是洗完頭也要吹頭皮呢！

理完頭髮後，我才發現我的頭形居然挺美的，在鏡子前左顧右盼看得非常滿意，並深深感謝媽媽的功勞。沒想到在我快樂的摸著我的頭時，老闆娘的臉色凝重，她說：「我不知道生病也能有這樣的心情，看到妳這樣，我非常感動，因為我的身體也被診斷有問題，可是我一直不去處理，今天我看到妳的態度，給我有不同的感動。」我跟她說，我沒有那麼偉大啦！只是遇到了事情，不就是要好好的面對與處理嗎？（註：我很高興，在一個半月後，外子再去理髮，老闆娘說那天也是她第一天上班，她也去把身體的問題處理了！）

回家途中，我繞去買了假髮，外子不捨聽我與老闆娘的對話，離得遠遠的，任憑我挑選，只給我一個原則：「最好與原來的相似」。可是我買了一個完全不同的金髮，因為我想我只要這麼一次生病，何必搞得跟原來一樣，我可要換個心情囉！我陸續要擁有短髮、中長髮、長髮和連著帽子的長長髮，還要有著不同的頭巾呢。

如果你不小心丟掉一百塊錢，只知道它好像丟在某個你走過的地方，你會花兩百塊錢的車費去把那一百塊找回來嗎？當然不會，所以囉！我與我舊的頭髮既然無緣，我就與我新的模樣好好相處了！

小女孩每天都從家裡走路去上學。一天雷雨下得愈來愈大，閃電像一把銳利的劍刺破天空，小女孩的媽媽趕緊沿著上學的路線去找小女孩，她看到自己的小女兒一個人走在街上，每次閃電時，她都停下腳步、抬頭往上看、並露出微笑。看了許久，媽媽終於忍不住叫住她的孩子，問她說：「妳在做什麼啊？」她說：「上帝剛才幫我照相，所以我要笑啊！」

對著鏡子，我每天笑著撫摸我的光頭！

不論你做什麼決定，你一定要真誠面對自己。【臥虎藏龍】裡俞秀蓮對玉嬌龍說

請不要對我的改變視而不見

【91。11。01】

今天上班是個全新的心情，因為怕嚇到同事，所以戴著假髮上班。上班途中，突然覺得心情特好，於是決定先到人事室報到。一進門，我就走到主任前面，輕聲的說：「新老師報到！」當大家抬起頭來時，在大家的驚呼聲中，我們都立刻擁有了一個快樂的早上！此後，我將帶著不同的面貌與心情上班囉！在辦公室時，或把頭巾取下或把假髮脫掉，或讓同學嚇一跳，或者調皮的同事會以參拜大師的手勢對我，讓生活充滿了喜悅與變化。

下午，有位主任到輔導室來談事情，我們談了約卅分鐘。直到他要告辭時，我終於對於他的視而不見有點好奇，忍不住的問他：「你沒看到我的假髮嗎？」他尷尬的笑著：「有啊！」「你不覺得奇怪嗎？為什麼不會想到問問呢？」他還是尷尬的笑笑，然後說：「說實話，我不知道要說什麼！」其實我是知道的，真是難為了他。因為對於這些夥伴而言，問了怕我傷心，不問也是一種疑惑。所以我都會採直接告知的方式讓他們也有所了解，避免他的不自在造成我不舒服的感覺，也避免了他的尷尬。

事實上，我一向都認為誠實是處事的最上策！在我生病之初，除了年邁的老母親外，我從來不隱瞞我的病情。能夠談的，多談一點，不能談的，少談一點，但是我絕不隱瞞。因為我一直認為說謊的人要記憶特別好才行，要不然還得要用更多的謊言去圓謊，而我，因為我的記性不好，避免犯錯的最好方式就是誠實以對，尤其我深深相信「隱瞞的事沒有不顯露出來的」，生病這事如果自己能夠面對，實在也沒有隱瞞的必要，對於生命我也是如此誠實以對的。

有一個老太太買了一個新的用品，她翻閱著說明書，弄了老半天，用盡心思，想把用品拼湊起來，沒想到卻是徒勞無功，她只好將這堆東西丟在一旁。過了一段時間，她意外的發現家裡的外傭，竟然將那件複雜的東西拼裝完成，而且使用的極爲順手，驚訝之餘，問道：「妳是如何完成的？」女傭回答：「我不識字，只好盡量用腦筋了。」

我們太習慣在傳統或知識中打轉，反而容易失去單純的想法或意念，也許不用外在規範和約束，回到最基本、最單純的起點，是內心最直接的體認，生活會更單純，收穫會更多。

不要害怕你的生命會結束，而要害怕它從未開始。《格雷》

一日三變山芙蓉

【91。11。02】

從報紙上得知，有一種花叫做山芙蓉，一日三變，早上是白色的，到了中午變成粉紅色，傍晚卻成了紅色花，甚為奇妙！在屏東有一戶人家大量種植。今天登山回家途中，興起參觀的念頭！到了現場，感覺真是美麗極了，不只是因為數大就是美，也因為變色的奇妙。

感覺自己也當如此，假髮的變化不也是一種美麗嗎？早些年有髮禁的時候，我們都是這樣跟學生說的：「不要在乎你的頭髮，要在乎頭髮以下的東西。」

一位知名的演講者在會場拿出一張一千面額的紙鈔對著 聽眾說：「有誰想要這一千元呢？」

大家不敢舉手，他看了看，便笑著說：「我將要把這錢給你們其中的一個人。」馬上有人舉起手來。

「但是在給你這之前我要這麼作！」說著就當場把紙鈔給弄皺了，然後又問：「還要這張紙鈔嗎？請舉手」還是有人舉手。

「很好」這人又接著說：「那假使我這麼做呢？」接著把紙鈔丟在地上。又用鞋子踩，然後撿起來說：「現在這錢是又皺又髒了，還有人要嗎？」還是有舉手。他做了結論：「各位，不論我對這錢做了什麼事，它並無損於價值，它還是值一千元，是不是？」

所以，生活中難免有許多時候往往令我們覺得一無是處，但是只要我們很清楚一點：我們是世界上的唯一，我們每一人都是如此特別。那麼我們就不會失去自我的價值！蒙塵的黃金！即使經過再多時間風雨的擊打，也不會損及它原本的價值！

一日三變的山芙蓉，變也是美，不變也是美，無論變與不變它的名字都叫山芙蓉。我呢？戴假髮是我，光頭也是我，無論戴假髮或光頭都是我，我珍惜著我外形的變化，也提醒著自己要「Think Big」有大視野，大胸襟；要「Think Different」有新觀念、新方法，希望外型的憔悴與改變，無損於我之所以為我。

當保守你的心勝於保守一切，因為一生的果效是由心發出的。《聖經》

我是病人不是罪犯

【91。11。03】

有一位學佛的朋友問候我之後，又說了一些例如「你有沒有向你的身體懺悔」的話，用心是關懷的，但是聽起來像是審判，以她前世今生的理論而言，我這可能是「罪有應得」，我笑著跟她說，我是過度使用我的身體，沒有讓它好好的休息，我想我是對不起它，但是說懺悔，我覺得太沉重。

不只如此，基督教的友人，也是體貼的提醒，語氣雖然溫和，但是聽起來還是像審判：「是不是因為太忙，沒有時間到教堂聚會，所以才會有此遭遇呢？」我也以相當防衛的言語，談到自己樂在工作的敬業精神與理想，也許我是為自己找藉口，我並不是不知道這是善意的關懷，但是身體已經承受病痛之苦，還要承受被審判的感覺，滋味確實難以下嚥。

外人如此，家裡的人也不見得沒有這種關懷。老媽媽心疼我的病痛，卻也不免在行動上讓我倍覺壓力。因為戴假髮很熱，我實在很想回家立刻脫下來，可是沒想到媽媽看得心疼，我只好跟她溝通：「媽媽，假如你沒辦法接受我的光頭，我就只好回家立刻上樓，吃飯才下來囉！」她勉強接受，可是當我在客廳脫下假髮時，她又立刻去把窗簾拉上。雖然我知道她心疼我，也怕我難以忍受別人的眼光，但是她不知道的是，我心平靜，我接受我不一樣的造型！這時候，我實在忍不住了，我跟媽媽說：「媽媽，我是病人，我不是罪犯，我不喜歡遮遮掩掩！不必立刻拉上窗簾。」此後想必我必須承受除了自己病痛以外的虧欠，還必須學習接受別人的審判。

我是基督徒，我學輔導，我接受事實，可是都覺得面對這些關懷不容易了，其他朋友恐怕更難了。難怪醫生對我說：「許多人化療之後，反而得了憂鬱症」，我終於了解了。有時多心，不如少一根筋哪！

有一隻烏鴉打算飛往東方，途中遇到一隻鴿子，都停在一棵樹上休息，鴿子看見烏鴉飛得很辛苦，關心地問：「你要飛到哪裡去？」烏鴉哀怨地說：「其實我不想離開，可是這個地方的居民都嫌我的叫聲不好聽，所以我想飛到別的地方去。」好心地鴿子告訴烏鴉：「別白費力氣了！如果你不改變你的聲音，飛到哪裡都不會受到歡迎的。」

事實就是事實，如果你無法改變事實，唯一的方法就是接受你自己，讓週遭環境與人事物言語的傷害降到最低。

在你發怒時要緊閉你的嘴，免得增加你的怒氣。《蘇格拉底》

你的笑容裏有著我的淚水

【91.11.04】

學生淑櫻來看我，畢業後的她越發標緻美麗，談起我們去年一起在歡送畢業生的活動上表演的小丑，兩人仍然興奮不已，我知道這正是我當初想要送給她的畢業禮物「高峰經驗」的原意，我想這份禮物也充分發揮了功用。

畢業前，學校舉辦歌唱比賽，歌喉甚佳的她，非常想要把握在學校的最後機會參賽，但是她知道這個機會不是她的，因為她說：「我們班上會唱歌的人很多，加上我的長相不夠美麗，班上同學不會找我的。」當下我決定送她一份畢業禮物，讓這高峰經驗陪伴著她，當然此後她也許會創造其他高峰經驗，但是我知道這將是一個開始，愉快的開始，也是自信的開始。

我寫劇本，同時我們也在網路上找出許多小丑的造型，我們以伍佰「墓阿埔也敢去」作為開場，說說唱唱，耍嘴皮子也耍槍，我們在舞台上玩得開心，當然我也為她設計她拿手的歌唱部分，我們共同完成了回憶。

有一位醫生對前來就診的憂鬱症病人說：「我建議你到鎮上去看看這個月來表演的馬戲團，其中有位小丑的表演非常棒，你看了一定會感到十分快樂的，我已經去看過三次了。」病人沉默了一會，抬起頭來哀怨的對醫生說：「我就是那個小丑。」

很久以來，我就一直喜歡小丑造型的，我覺得自己有時候也挺像施華洛思奇的小丑水晶一樣，有著燦爛的笑容，但眼角總是會有著一顆淚水；燦爛的笑容是因為願意與人分享歡樂，眼角的淚水是有著同理的心情，所以當淑櫻與我在師生訝異的眼光中完成我們的表演時，我送出了我對淑櫻的關愛「一份高峰經驗的禮物」，卻同時也完成了自己小小的夢。

掌聲在歡呼之中響起，眼淚已湧在笑容裡，啓幕時歡樂送到你眼前，落幕時孤獨留給自己。

是多少磨鍊和多少眼淚，才能夠站在這裡，失敗的痛苦成功的鼓勵，有誰知道這是多少歲月的累積！

小丑小丑是他的辛酸，化作喜悅呈獻給你！

也許在觀眾的笑容裡有小丑的微笑，但是小丑「啟幕時歡樂送到你眼前」卻是不可否認的專業啊！

命運的變化都寫在我們自己的臉上。《賀瑞斯》

我用心飛!

【91。11。05】

午後,三位身穿紅藍白衣服的長老,站在員外家門外,遲遲沒有動靜。員外路經過窗口,和善的揮著手:「朋友們,順道進來喝杯茶吧。」

紅長老回答:「我們不能一起進去。」

員外無法解讀其中的話語:「爲什麼?」

紅長老平和悅耳地解釋著:「藍長老代表幸運,白長老代表財富,而我代表愛,我們其中只能選擇一個人進去。

「有這種事啊?」員外自顧地說著,凝視三位長老,沈吟良久,脫口說:「我選擇紅長老好了。」

員外轉身走家裡,藍白長老也跟著進來,員外很驚奇地問:「不是只能邀請一位長老嗎?怎麼三位長老都進來了?」

藍長老忍不住笑說:「你有所不知,如果你邀請的是我或是財富的白長老,確實只有一位長老進來,如果你邀請的是愛的紅長老,無論走到哪裡,我們都會跟隨的。

」

我從來沒有想過，我會罹患癌症。
我不知道當我罹患癌症時，從前我所勸慰人的話語用在自己身上有沒有用。
我不知道當我無法勸慰自己的時候，我會用什麼的心情去看待自己的遭遇。
但是我罹患癌症了，從前我所勸慰人的話語用在自己身上沒有用。
我終於知道，我用感恩的心去看待自己的遭遇。
謝謝所有陪伴我的人，因著你們，我又活過來了。
感謝神的憐憫，因著神的慈愛，我留下來了。
小尾的傳來有著這樣一篇安慰的文章，（雖然有人駁斥這內容的正確性，我還是願意分享這精神。）

老鷹是世界上壽命最長的鳥類，牠一生的年齡可達七十歲。要活那麼長的壽命，牠在四十歲時必須做出困難卻重要的決定。

當老鷹活到四十歲時，牠的爪子開始老化，無法有效地抓住獵物。它的啄變得又長又彎，幾乎碰到胸膛，它的翅膀變得十分沉重，因爲牠的羽毛長得又濃又厚；使得飛翔十分吃力。它只有兩種選擇：等死，或經過一個十分痛苦的更新過程。

一百五十天漫長的操練；牠必須很努力地飛到山頂。在懸崖上築巢；停留在那裏。不得飛翔。老鷹首先用它的喙擊打岩石，直到完全脱落。然後靜靜地等候新的喙長出來。它會用新長出的喙把指甲一根一根的拔出來。當新的指甲長出來後，它們便把羽毛一根一根的拔掉。五個月以後，新的羽毛長出來了。老鷹開始飛翔。重新得力再過三十年的歲月！

在我們的生命中，有時候我們必須做出困難的決定。開始一個更新的過程。我們必須把舊的習慣，舊的傳統拋棄，使我們可以重新飛翔。

我已將近五十，但我相信藉著眾人的愛，我可以重新飛翔！

鳥說：「我會飛！」　荷說：「我也會飛！」

鳥鄙夷不屑的看著荷：「你有沒有搞錯？你已經給釘死在地上，怎麼飛呢？」

荷怡然而答：「你用翅膀飛，我用心飛！」

忘記背後，努力面前的，向著標竿直跑。《聖經》

Part 4 銀網子裡的金蘋果

一句話說得合宜，
就如金蘋果在銀網子裡。

選擇哪一種習慣？

【91。11。09】

六日是第二次化療，迄今四天，噁心、指甲痛、拉肚子、冒冷汗、心跳加快的情形陸續出現，頭髮連小鬚鬚都還在繼續脫落中，但是感謝神，都還在可以忍受的範圍，醫生還介紹了病人來與我談話，這已經是第二位夥伴了，我深知道她們心中的惶恐與不安，其實她們的不安不僅來自對醫療過程的不了解，也來自女人意象的迷失，她們擔心切除了器官似乎就不再是女人，似乎就不能取悅心愛的人，有著這層憂心，真的很難讓她們接受事實，這是需要多少的勇氣與調適啊！

某次畫圖比賽，有來自各方的許多畫圖好手參加，題目是：「山中藏寺」。場中有個人卻是聞題不動，到時間所剩不多時，才從容下筆，完成他的畫作，最後，脫穎而出得到第一名。他的畫布上，只有一個小和尚出來挑水，背後是一大片叢林。他之所以會得到評審一致的青睞，在於切題和意境。所有的參賽者都將寺院躍然紙上，而忘了畫題是：山中「藏」寺；冠軍就是用和尚點出「藏」字，即是高明之處——因爲有和尚就有寺啊！

如果我們能把「自己」適度地往後放一點，如果我們能多關懷她人一些，如果我們不只關心自己、不只在意自己的敏感，在別人的需要上能看到自己的責任，或許我們的視野可以寬闊些，我們的心境可以平安些，我們的眼光就不會只停留在被切除的器官，我們的心情也不會沉溺在哀悼中，也許我們就能體會「藏」在苦難之後的甜美。

有人事業不順，經濟不佳，決定去算命。算命先生跟她說：「你貧病交加的日子到四十歲」他興奮不已，因爲快到四十歲了，於是他問：「是不是四十歲以後就一切順利了？」算命先生沉默一會兒說：「不！四十歲以後你就習慣了！」

悲觀會是一種習慣，樂觀也是，我們要選擇哪一種習慣呢？如果生病已是事實，如何讓我們活得更有尊嚴，關鍵不在別人，也不要把快樂的鑰匙交給別人，讓我們為自己的生命負責吧！幾十年的生命微不足道，外表沒有想像那麼重要，物質享受也沒有想像那麼需要。在我們離開人間的那一瞬間，期待的情景是：「所有的人哭，只有自己笑著離開」，可千萬不要，所有的人笑只有自己哭啊！

每一個人都是自己命運的建築師。《薩拉斯特》

多久沒好好照鏡子呢？

【91。11。10】

帶團體時，我常常會問：「你多久沒有好好照鏡子，看看自己了呢？我們通常是匆匆忙忙的洗臉，化妝的時候看著化妝的部分，走出家門對著週遭的人笑，我們可曾對自己笑過呢？」從夥伴的表情中，或者言語的回饋裏，我得到了絕大部分的答案：「是的，我真的很少好好的看自己」我們總是太習慣把笑容留給別人，卻是很少好好的看看自己吧！有時候我會出個功課，讓大家回去對著鏡子笑，尤其要看著自己的眼睛，然後告訴自己：「我是真的真的很不錯！」

在我大一的時候，曾經發生了一件事，從此讓我生命改觀。

團契討論開始時總是沒有人願意開口，所以我就會發表意見，暖暖場子。既然是暖場性質，所發表的意見爲要引起討論當然具有爭議性，沒有想到，就有人背後說我沒水準，愛發言，又愛表現。輾轉聽來這些話以後，讓我傷心欲絕，我眞有那種「我本將心對明月，奈何明月照溝渠」的感嘆！我覺得我的善意被扭曲了！很難超脱痛苦。

有一天，我與心儀已久的學姊一起上山，這學姊是我高中就認識的，大學又在同一所學校，我欣賞她的文靜（長髮飄逸），也欣賞她的說服力（她總是在討論會快結束前講些非常有道理的話），我甚至曾經偷偷學她的溫柔婉約，只是都沒有成功。當晚，我把對她的欣賞及心裡的話都傾吐出來，沒想到，她竟然掉下眼淚來。她竟然對我說：「你知道嗎？從我認識你開始，我就希望我是你！」我們兩人就在月明星稀的夜晚裏，痛哭了一場。

從此，我懂得了接受自己，與欣賞別人。我們不是全然的好，需要朋友的成全，才能成就我們的好啊！

在從事教育工作的過程中，我非常注意學生自我接受的程度與挫折忍受力。我對學生說，如果我們只接受自己，無法欣賞別人，那麼這是自戀；如果我們只欣賞別人，卻無法接受自己，這是自卑；如何接受自己，找到自己的優點，發揮自己的能力，這是要學習的；如何欣賞別人，看出別人的優點，學習別人的能力，這也是需要學習並且不斷反省的。我慶幸我在大一的時候學會了，雖然年紀越大遭遇的挫折也越多，但是我總忘不了那月明星稀夜晚的淚水，我會照著鏡子，提醒自己：我還不錯！

人之不德，由於無知。《蘇格拉底》

我和我的「738 2班」

【91．11．11】

每一年的今天都有一些學生打電話或親自到家裡來吃吃火鍋，聊聊天，這些跟了我將近廿年的學生，其實也是我的老師了，他們常常不經意間就教導了我。

民國七十一年九月某一天十一點五十分，根據報紙的廣告，我打電話給某一間私立學校的董事長，詢問該校是不是正在招考老師？董事長說早上已經試教過了，如果我願意，一點鐘以前趕到該校，就為我再辦一次試教。就這樣的，我成為一位老師，教著當初在該校號稱「738 2班」（欺善怕惡班）的四十九位壯漢。在那一年裡，我沒有穿過高跟鞋與裙子，而當初的一個執教的想法，卻成了日後最美的回憶，時至今日，仍然常常想起被他們「新生訓練」的日子呢！

為了知道我的生日，他們利用我帶他們出遊的時候，把我和外子分開，然後幾個人就套招演出：

「師丈，老師的生日是幾月幾日？」我先生可不回答這敏感的問題！

「我知道啦！是六月，師丈，對不對？」A說，B緊接著說：「不對，是八月！師丈，是八月對不對？」我那可愛的先生可說話了：「不是，你們都錯了，是十一月！」這時候C可就說話了：「我就記得是十一月，剛剛就是不說話，因為你們看起來很有把握啊！明明是十一月廿日啊！」師丈又忍不住了：「是十一月十一日啦！」

「謝謝師丈！」幾個頑皮的高二學生快樂得很，因為騙著了師丈，也獲得了答案。生日之所以被他們知道，就是被他們用了小小技倆，也正因為我們的被騙，從此外子對這些學生的頭腦可是敬佩有加，不敢輕忽。

其實教育工作就是這麼令人興奮，我覺得常常可以從孩子們的對談中成長呢！以下幾句話我是教育生涯的幾句孩子的話：

◎「老師，我最喜歡看你的笑容，可是你知不知道，我覺得常常笑的人似乎比較沒有內涵！比較白痴！女人要有一點憂鬱的眼神才好！」

◎「老師，你要知道，不是你改變了我，是我願意被你改變喔！」

◎「老師，我覺得你很想不開呢！別人給我綽號，那只代表是我，你幹嘛擔心我受傷呢？別那麼在意形式上的意義嘛！」

不可叫人小看你年輕，總要在言語行為愛心信心上都做眾人的榜樣。《聖經》

忘年之交先得忘年

【91。11。12】

讀高師大成人教育研究所，是非常愉快的事，我們同學之間最年長與最年幼的相差卅歲以上，每每討論起來，都看得出歲月的痕跡。但是，有時候年齡又算不得什麼！麗蓉知道我生病的消息，特別打電話來關心。算起來麗蓉小我整整十歲，可是行為處事卻是我學習的典範，她的長官也慧眼識英雄，自今年八月一日起她將擔任校長，識人之至，難怪同學特別將孩子從高雄送往該校就讀，「風俗之厚薄，繫乎一二人心之所向。」校長就是這重要的一、二人啊！

看得到的她是賢淑端莊，典雅高貴，風趣可人，但是因為學法律的關係，她堅毅果決，處事明快；我呢，倒是剛好相反，看得到的是老練精幹，實際不然，倒也十分柔弱不堪，但是因著這樣的互補，在成教所兩年的共學，我從她身上學到相當多，我也有著許多的變化！

她反應之快，令我佩服之至！記憶最深的是有一次深夜，她從睡夢中接到一通電話，應該是隨意亂打的電話，但絕對是騷擾電話的經驗，她與對方有著這樣的對話：

「你這裡是不是有訂一副棺材呢？我待會就送過來！」對方說

「是啊！可是我不是訂一副，我訂兩副，一副送給你，一副送給你父親。」

她說完就把電話掛了，從此卻再也沒有這樣的電話。在睡夢中驚醒，還能夠有這樣迅速的反應，實在令我瞠目結舌！

有一次艾森豪總統應邀參加演說，在他之前已經有五位講員發表了冗長的演講，聽眾昏昏沈沈。輪到艾森豪時已經午夜。艾森豪只精要的說了幾句：「每篇文章都應該有標點符號，就讓我做一個結束的句點吧！」他贏得滿堂喝采。

麗蓉就是這樣常得滿堂喝采的人，總是在適當時候說適當的話，在適當的時候做適當的事。跟她相處時，我常常忘了我們年齡的差距，原來所謂「忘年之交」，的確是讓人忘年的啊！親愛的，我們可都要保重，一起慢慢的老喔！她的生活充實豐富，她的生命散發著溫馨趣味，她總是用最經濟的辭彙，生動地表達豐富的思想，留給人弦外之音的震撼。與她談話頗有餘味，是一種享受，令人愉悅，真是一位奇女子！我感謝她為我帶來生命的喜悅與生活的視野。

能夠將理智與感情調配得當，使命運不能將之玩弄於指掌之間的人是幸福的。《莎士比亞》

一朵花兒不成春

【91。11。14】

曾經有人這麼說過：「在花園裡的人，比在任何其他地方更接近上帝的心。」；古人也說：「梅令人高，蘭令人幽，菊令人野，蓮令人淡，春海棠令人艷，牡丹令人豪，蕉與竹令人韻，秋海棠令人媚，松令人逸，桐令人清，柳令人感。」一朵花兒不成春，所以今天看到高雄有國際花卉展，真的很想去看看，這成千上萬的花朵能夠締造怎樣春天的感覺？

我曾經在學校的一篇文章寫到：「今天放學回家，公園的木棉花在我車前飄阿飄的，回家之後又看到皮包裡同事送我的玉蘭花，我突然覺得好幸福，為此我感謝神。因為木棉花和玉蘭花都是我小時候的記憶，一直覺得小時候很孤寂，可是現在卻覺得其實也沒有那麼難過，有著木棉花和玉蘭花的陪伴啊！」原來，幸福並沒有一定的模樣，小小的花朵就能擁有幸福的感覺啊！

生病期間感謝許多朋友的好意，我的病房也成了花海，雖然生病，卻也有著小小幸福的感覺，陳文利醫生開玩笑說，你人緣很好喔，可以出來競選喔！我笑著回答他說：「哎呀！人緣好，也不用生病來印證啊！」但是看著病房的花，不可否認的，幸福中也不免有著悵惘，凋零的花總也不免有著黛玉葬花的心情。

有一朵小花，生長在高聳的樹下，因爲大樹底下好乘涼，所以有著大樹爲它擋風遮雨，她每天就快快樂樂的生活。

一天大樹被鋸倒了，小花哭了好久。可是，當她鏡下來之後，才發現少了大樹，陽光照耀著自己，甘霖滋潤著自己，小小的身軀逐漸更爲茁壯，盛開的花瓣因著燦爛的陽光而更顯美麗。她才發現，她以爲失去的倚靠，她以爲的割捨難過，其實隱藏著的是機會。

席幕蓉「七里香」詩集裡有著許多有關花的句子，我都十分喜愛。例如：

「我是一棵盛開的夏荷，多希望你能看見現在的我，無緣的你啊！不是來得太早，就是太遲。」

「我並不是立意要錯過。可是我一直都在這樣做，錯過那花滿枝椏的昨日，又要錯過今朝。」

在日耀的園中，她將我栽成一株恣意生長的薔薇。《席幕蓉》

你有多少角色等待扮演？

【91。11。16】

怕挨罵，所以今天在沒有告知家人情況下，還是如期到左營，參加婦女新知所舉辦的婦女生涯規劃演講活動。因為這樣的分享活動中，常常讓我認識欣賞成長中的婦女同胞，也同時讓我心疼在傳統觀念下失去自我的女性，我很珍惜這樣的聚會，我也常常有在這樣聚會後，或電話或e-mail聽到許多心情故事！

在這樣的演講中，有一個我經常做的活動就是摺垃圾袋。我會先請與會的夥伴們大家一起來摺帽子，然後在帽子的四周寫下我們目前所扮演的角色。例如，婚姻血緣而產生的角色（女兒、媳婦、婆婆、姨婊姑嫂等），職場所產生的角色、生活角色（鄰居、病人、球友、顧客等），然後請她們戴在頭上，問她們：「每天我們張開眼睛，就有著這麼多的角色，請問你能夠把每一個角色都扮演好嗎？」這時候我會看到領悟的眼神。曾經有過一次經驗寫得最多的居然高達六十三個，通常我都會送我所寫的「麻辣四十」作為禮物，因為「在生活中要扮演這麼多角色，實在太辛苦了，值得鼓勵。」

有個人每天挑著兩桶水，其中有一個完好無缺的桶子十分自傲，因爲自己每天盡責的送著滿滿的水，有著裂縫的桶子因爲回家時只剩下半桶而覺得羞愧不已。有一天終於忍不住的對挑夫說：「對不起，因爲我的裂縫，你只能挑回一桶半的水！」挑夫說：「你不必道歉，你難道沒有注意到嗎？凡是你經過的路邊，小花小草都特別美麗？因爲你的缺陷，我在路旁灑了花種，每次我從溪邊回來，你就替我一路澆花，路邊的美景與家中花瓶的美麗，其實都是你的工作呢！」

禍福相依，如果我們能夠在跌倒時，看一看有什麼可以把握的；在失去時，想一想有什麼還可以學習的，生命自然不會比我們想像的糟！活在當下，當下即永恆！！

有一位無神論的學者，在一次公開演講時挑釁的在黑板上寫下了一些字，然後對大眾說：「你們誰可以告訴我，神在哪裡？」他寫的是「God is no where!」由於學者意氣風發，大言不慚。會眾一片沈默，沒有人出聲。不久，一位老太太走上前去，拿起粉筆。此時，會場氣氛更是詭異。當那位太太寫完時，全場一片歡聲雷動，鼓掌聲不斷，原來那位太太只改了一個字，她把w放到o的後面，整個句子變成了：「God is now here!」

一個動作，收穫一個習慣；一個習慣，收穫一個品格。《結佛萊斯》

錯都不在我！

【91．11．18】

三姐從台東打電話來，語氣中濃濃的關懷，一如她熱情洋溢的個性。為什麼稱她三姐呢？也許是因為她的排行吧！她已經六十歲的人了，整個人整個精神都讓人很難覺得她年長，因為她的活力，所以她進入監獄成為榮譽觀護人「蔡媽媽」因為她的熱情，所以她自掏腰包傳福音播種愛心，每一次聽到她的聲音就會感到自己又有了生命力，最令我感動的是她堅持的態度。

很難想像有人這麼天才，竟發現ＡＢＣ及１２３；這其中的奧妙。

如果將字母A到Z分別編上1到26的分數，（A＝1，B＝2……，Z＝26）

如ＡＢＣＤＥＦＧＨＩＪＫＬＭＮＯＰＱＲＳＴＵＶＷＸＹＺ

１２３４５６７８９ 10 11 12 13 14 15 16 17 18 19 20 21 22 23 24 25 26

那麼你的知識（Knowledge）得到 96 分（11＋14＋15＋23＋12＋5＋4＋7＋5＝96）

你的努力（Hardwork）也只得到 98 分（8＋1＋18＋4＋23＋15＋18＋11＝98）

你態度（Attitude）才是左右你生命的全部（1＋20＋20＋9＋20＋21＋4＋5＝100）

小尾說，生命中沒有意外，它就是你行為的反射。回聲的故事常常被提起，總是勉勵我們要「善」用回聲，就能創造「善的循環」

在學校常常會有人際關係調查，有個老師改良了這樣的測驗。她發給學生每個人一張紙，並且規定他們在卅秒內，寫下他們不喜歡的人。有的學生只想起一個，有的學生竟然列出十幾位。這位老師歸納後，發現一個有趣的事實，也就是寫出不喜歡的人最多的的人，竟然也是最不被人喜歡的人！

有一位博士研究刑事犯，他想要知道所有的刑事犯是不是有共同的特徵，於是他訪問了多所監獄的重刑事犯，在這許多的、不同的生命歷程中，他居然找到了一個共同點，他發現所有的刑事犯的共同點是什麼呢？就是：「我今天之所以變成這樣，都是別人的錯」，他們從來沒有反省的能力。

在犯罪率高漲的台灣，每當我看新聞時，雖然不是很明白內幕，但是我也會特別去注意其報導的細節，真的！都是別人的錯。

憎恨是心的瘋狂。《拜倫》

不以遺憾自我懲罰

【91。11。23】

淑津特別從台中來看我，她與我是國中的同學，也是同月同日生的好友。她長得像尤雅，美麗而有韻味。國中時，她甚至要為我介紹與她同一條巷子頗有文才的男孩子呢！當時的我實在太蠢，因為電視上總飾演著男女牽手遇到豪雨然後就懷孕的情節，使我誤以為牽手就會懷孕，所以也就拒絕了這第一次的約會，如今想來，當時的蠢也是純真，倒也成就了現在的笑話。

多年前她心愛的人猝死，她的體重急速下降，生活頓時失去重心，每日以淚洗面，我倆執手淚眼相看，沒想到現在相見仍是執手淚眼相看！只是我欣喜她的美麗依舊，而她心疼我的苦難臨身。

生命中，我們不斷在選擇，不斷在放棄；小至今天早上決定穿藍色套裝，就是放棄其他衣著；到員工餐廳選擇了吃稀飯，也就放棄了其他的選擇；大至職業的選擇，選擇了A，就代表放棄了其他公司；選擇了這位老婆丈夫，就放棄了其他候選人……所以，事實上，我們不斷在製造遺憾。只是，有些遺憾是我們的責任，有些我們卻一點辦法也沒有。丟掉心愛的收藏品固然難過，日子還是要過；痛失心愛的人，又何嘗不是？我們每一個人都無法避免這樣的悲傷、失落與遺憾！但是，如果一再在受苦上自我滿足、自我懲罰，「把生命中的不快樂當做生活來過」，那麼，終此一生將與遺憾相伴！

羅馬神話中的朱比特公佈了一道命令：讓所有的人都把自己的苦惱丟出來，並且將它們放在一起。許多人帶著自己的苦惱而來，有疾病、貧窮、憂慮等等，還有一位甚至帶了妻子。

接著，朱比特又下了第二道命令：每一個人都必須選擇一個苦惱以代替原先的苦惱之事。因爲每個人都不願選擇原來的苦惱，所以也就選了其他的。

但過了不久，抱怨聲四起，也有傷心哀哭的聲音，現在的他們比從前更不快樂了，他們的怨氣充滿宇宙。朱比特可憐他們，終於答應他們換回原來的苦惱。但同時也指派了一位名叫「忍耐」的女神來教導他們：如何以最快樂的方式來忍受他們的痛苦。人們心中的憂苦才得以稍微紓解。

我們不可能從遺憾中逃離，也沒有一種遺憾會在記憶中消失的無影無蹤，每一絲絲存在我們心中的遺憾，都應該是使我們變得更好的原動力。朋友之間的相互扶持，正是提供在苦難中忍耐的力量之一，我們都要加油喔！

少年人愛在口上；中年人愛在行動上，老年人愛在心裡。《培根》

復健高爾夫

【91。11。24】

今天與外子一起到台鳳高爾夫球場，一方面是想以揮桿來復健，另一方面也因為逐漸體會打高爾夫能夠全然放鬆紓解壓力的感覺。說實話，這的確是一種令人著迷的運動，它是一種讓你全神貫注，卻又精神放鬆的運動；是一種自我挑戰，卻又不失培養友誼的運動，你這場球打得好，卻又不見得打好下一場球，挺有人生味道在其中。

其實大伯與小叔多年前就在打高爾夫球，但是無論他們怎麼鼓勵我們夫妻，總是說服不了我們，因為在我們的觀念裡面，那麼一顆小小的球有什麼好玩呢？雖然我曾經也寫過有關高爾夫球的短文，但是因為當時自己並不會玩，所以只是將對話寫下，如今再看一次，更是能體會了：

最近新認識一些熱愛打高爾夫球的朋友，一日聚餐時，有一位太太提到先生只要看到順手的高爾夫球具，就忍不住要花錢時，小有怨言，先生笑笑的說：「唉！不能換老婆，只好換球具了！」

話題一開，另一位友人說：「就是囉！我為什麼常常在不同的球場打球呢？也是這種理由啊！不能換老婆，只能換球場了！」

接著一位老婆說：「是啊！我想我先生打小白球時，大概想像那是老婆的頭，哈！不能打老婆也就只能打小白球了！」

在場的男性朋友都同意，打高爾夫球可以紓解壓力。

之所以開始打球，是因為一位長輩疼惜外子，為他量身訂做一套球具，之後又是因緣際會，遇到對高爾夫頗有興趣與研究的長官及友人，就在這樣半推半就中下場了，卻也逐漸體會其中之奧妙，對於GOLF的意義「G是綠地（green），O是氧（oxygen），L是陽光（light），F是友誼（frienship），也有了更深的體會與了解，這是一種紳士的運動，也是一種自我挑戰的運動，如今我雖右臂淋巴腺已切除，我想我還是可以創造出自己一套可行的打法的！

打高爾夫就在球場不知不覺走了三四個小時，打球時只能想如何把球打好，因為只要心念一動，企圖為自己締造什麼好球紀錄，就一定會出槌打到「森林」去的，所以對於凡是講求速度感、節奏感的我而言，讓自己冷靜沉澱下來，小白球可能是比較適合我的運動了！我感謝引我進門的師傅，也感謝忍耐我球技的朋友，希望每個下一次都有進步！

活動活動，要活就要動。

每一個器官都會生病

【91．11．27】

這是第三次化療了，雖然一直勉勵自己已經過了一半，在心情上仍然是焦躁的。有一些情緒出現，有一些症狀浮出，總是需要時間來調整，也需要花些功夫來適應，幸好在面對一些負面思想與挫折環境時，有著好友的相伴與代禱，或言語或行動，甚至以文章彼此關懷，這篇英文短詩，就是可愛的安慰詞之一：

親愛的白種人，有幾件事你必須知道。
當我出生時，我是黑色的。我長大了，我是黑色的。
我在陽光下，我是黑色的。我寒冷時，我是黑色的。
我害怕時，我是黑色的。我生病了，我是黑色的。
當我死了，我仍是黑色的。
你——白種人，
當你出生時，你是粉紅色的。你長大了，變成白色的。
你在陽光下，你是紅色的。你寒冷時，你是青色的。
你害怕時，你是黃色的。你生病時，你是綠色的。

當你死時，你是灰色的。
而你，卻叫我「有色人種」？

為什麼說這是可愛的安慰詞呢？因為在這短詩後面，朋友寫著這樣的話：「每一個器官都會生病，我們的病也只是其中的一種，所以，面對別人的歧視與輕蔑時，千萬不要沮喪，你要這麼想，你要學會著這短詩的最後一句：你不全然健康，你卻輕視我？」這樣異類的安慰詞，倒也挺受用的。送我安慰詞的人，達到安慰的效果了。我常對學生講一個小故事：

一個在學校受人欺負的黑人小孩，有一天回家向媽媽哭訴所受到不公平的對待，媽媽聽了以後，和顏悅色的對受到輕視的孩子說：「孩子，不要在乎你的膚色，你要活得出色。」於是一位黑人教育家產生了！

一句話的影響力，不只使她的孩子有平靜的心去接受自己，也給了他勇氣去面對外面世界的挑戰，更因為這句話成就了一位教育家，而造就了更多的人！

你們願意人怎麼對待你們，你們也要怎樣待人。《聖經》

讓愛來回共鳴吧！

【91。11。29】

一九七五年的某一天，松下幸之助在大阪的一家餐廳招待客人，每個人都點了牛排。等大家吃完主餐，松下的牛排卻只吃了一半。松下找來烹調牛排的主廚，因爲主廚知道客人來頭很大。很緊張的問：「是不是有甚麼問題？」

松下說：「牛排實在很好吃，但是我只能吃一半。原因不在於廚藝，因爲我已八十歲，胃口已大不如前。我想和你談談，是因爲我擔心，你看到吃了一半的牛排送回廚房，心裡會難過。」

這次生病，好友艾榮不只接送與照顧，並且拿出她烹飪的功夫，為我更新菜單以增加胃口，我不相信前世今生，但是我真的感恩她所做的一切，戲謔的說，這輩子是還不起啦！人與人之間，總有差異，如何異中求同，是要能體諒與同理的。記得曾經看到一段這樣的小故事：

有一位某國明星獲邀進入國會參加餐宴，坐在她兩旁的是該國兩位名外交官。一場餐會下來，許多人好奇的問這位明星：「你認爲哪一位是我國最棒的外交官呢？」

明星笑笑地說：「坐在我右邊的人，讓我覺得他是我國最棒的外交官；可是，坐在我左邊的人，讓我覺得，我是我國最棒的明星。」

各位，您覺得哪位外交官最棒呢？友情親情或愛情是不是也應該這樣？如果我們的愛只會讓對方自慚形穢，自嘆不如；如果我們的愛只讓對方想到自己的失敗，看到自己的無能，那麼我們的愛也許會令人感激與無力，卻也可能令人憤怒與慚愧，因為這樣的愛是不斷地「提醒」，提醒對方自己多好付出多少，這樣的愛，愛的其實只是他自己，不是嗎？

真愛，會讓對方看到他自己的好，會讓對方有能力更愛自己的，這愛，才能滋長、才會源源不絕，情感不只是在對方的需要上看到自己的責任，還要能夠讓這份愛的感受與付出，來回共鳴。

親愛的艾榮，親愛的朋友，大恩不言謝，我還是忍不住說聲：謝謝你！

能分享他人痛苦的，是人；能分享他人快樂的，是神。《歌德》

我喜「新衣換舊書」

【91。12。03】

我不喜歡逛商場，尤其最不喜歡買衣服、試穿衣服，一來是自己不懂，其次是因為怕麻煩，所以必要買衣服時總是速戰速決，不多做停留。好友美德總是看不過去，偶而會從北部為我買些她所謂「俗擱大碗」的美麗衣裳！記得有一年生日，外子要為我買幾套衣服，車子開到一半，我提出以買書換衣裳的要求，他雖訝異卻也理解，多年後並說七本書也不過千百元，比起衣裳便宜多了。

我喜歡買書，外子對這點非常不以為然，以他實用的觀點，一但買書就應該把書看完，要不然就不買。但是我買書成癮，只要看到好書，就忍不住下手去買。新婚時曾經因為買書把買菜錢用光，最後只好繳出理財大權迄今。後來搬家，書總是太多太重，只好挪出一間書房，木匠阿義持懷疑的口吻問我：「除了窗戶與門，全部做落地的書櫃？」後來邀他到家裡看，他果然不得不佩服！

其實我買的多半是雜書，也不限定什麼書，有緣就帶回家了。早先非常不以為然的外子，有幾次要找資料，主題一告訴我，我立刻找給他，有時他問：「這本書你都看完了嗎？」我通常的回答是，書不一定看完，但我一定知道哪兒找資料。

今天突然特別想逛逛書店，就走到了誠品。沒想到遇到了教育界的夥伴，一談之下，發現許多對書籍的看法想法都相當一致，因為他是外地人，聊得起勁也就請他到耕讀園繼續聊，只是沒想到逛書店也有驚喜。天南地北，最後由中年危機的話題落到麥迪遜之橋的感情世界。幾年來雖已帶過麥迪遜之橋的讀書會多次，每一次看到大雨和小貨車裡的眼神，就會痛哭流涕一番，總覺得那種理智與感情的拔河實在是一種無可言語的痛。能夠與人共同討論著一本書，也是一種心靈共鳴，美的饗宴。回家途中突然想起泰戈爾的詩：

世界上最遙遠的距離不是生與死，而是我就站在你面前，你卻不知道我愛你。
世界上最遙遠的距離不是我就站在你面前你卻不知道我愛你，而是明明知道彼此相愛卻不能在一起。
世界上最遙遠的距離不是明明知道彼此相愛卻不能在一起，而是明明無法抵擋這股想念，卻還得故意裝作絲毫沒有把你放在心裡。
世界上最遙遠的距離不是明明無法抵擋這股想念，卻還得故意裝作絲毫沒有把你放在心裡，而是用自己冷默的心，對愛你的人掘了一條無法跨越的溝渠。

婚姻沒有必然一定要怎樣的模式，每一樁婚姻都是絕無僅有的創作。

我今天收到花了！

【91。12。17】

好友的父親過世了，沒能夠親自弔唁，心裡很過意不去，因為我是基督徒，並沒有忌諱，向來都認為「往遭喪的家去強如往喜樂之家」，但是大家都體諒我正在化療期間，不宜參加公眾集會，所以好友堅持不讓我參加。

喪禮之後，到好友家坐坐，聊到伯母將伯父所有的東西都清除掉了，原來並不是因為對死亡的恐懼，而是因為對伯父的憎恨。年輕時，伯父對伯母極盡刻薄之能事，而且還會動粗，伯母為了孩子為了家極度忍耐，當伯父過世後，她反而鬆了一口氣，真正開始了自己的生活。朋友很能體會母親的心情，講起幼年時親眼看到父親拉起母親的頭去撞牆的記憶，多少有點慶幸自己沒有變成施暴者。

記得曾經去探訪一位朋友，看到她身上的傷，有些不寒而慄的感覺，因為她的先生是高知識份子，竟然只會用打的方式來解決問題。前些時候，有位朋友分享她的婚姻生活，大家才知道這十幾年她是怎樣的忍耐與承受，為了先生孩子，她也從不提起，只是隨著年紀增長，她的先生越來越容易動怒，動手也越來越重，她已經恐懼到必須離開這個家了，心疼她們那需要復原的深深創傷，而我卻只能在他們堅持維持現狀下，陪伴著他們。

想起一首詩「我今天收到花了」，是這樣的：

我今天收到花了…既非我的生日，也不是什麼特殊的日子。
昨晚我們發生了第一次爭吵，他說了很多很多殘忍的話，而那的確也刺傷了我。
我知道他很難過，對他所說的也不是有意的，因爲他今天送我花了。
我今天收到花了…既非我們的結婚紀念日，也不是什麼特殊的日子。
昨晚他對我拳打腳踢（摔我撞牆後又勒我脖子），就像是場惡夢，我不敢相信那是眞的！早上醒來全身酸痛，到處瘀青，我知道他難過的，因爲他今天送我花了。
我今天收到花了…今天不是母親節，也不是什麼特殊的日子。
昨晚他又揍我了，而且比之前更狠、更嚴重，如果我離開他，那我怎麼辦？我要怎麼照顧我的小孩？那錢呢？我怕他，也怕離開，但我知道他該難過的，因爲他今天送我花了。
我今天收到花了…今天是個非常特殊的日子，今天是我出殯的日子，昨晚，他終於殺了我了。（譯者按：西方禮儀人死後第二天就拖去「種」）
他把我打的半死。如果我有夠多的勇氣離開他，我今天就不會收到他的花了。

想起從不送花的外子，此時覺得有丁點幸運，如果依照那首詩的情境，也許，我還是不要收到花吧！

愛情是人類所有感情中最複雜而且強烈的一種。《巴倫》

你的呼吸是什麼顏色？

【91。11。04】

在我獲知罹癌時，我曾經打電話給一位外子的同事祝寬兄，我總是喜歡稱呼他「大師」，他是外子的初中高中甚至大學的同學，後來又進同一家公司一起服務廿年，緣分之深自然不在話下。從吃喝玩樂到現在的虔心向佛，改變之大令人驚訝，但也因為他過往的經歷，做起輔導諮商工作可也是一等一呢！

為什麼要打電話給他呢？曾經我們共同關心著一位朋友，電話中提到輔導工作內耗之深，他突然說：「你要小心喔！像我們這種一直在接受負面磁場的人，一直是與人共同負擔業障，這種人最容易得病，可要好好照顧自己！」所以確定開刀後，我打電話給他：「我已罹癌，你要保重！」提醒同樣有善念的他。

每一次的化療，他一定出現在醫院，總要跟我談上幾句，讓我心安才肯罷休。不過，今天是第四次化療，在他出現前，有個女孩來看我，又讓我心起波瀾。這個女孩我看著長大、結婚、生子，她也總在我心中，讓我牽掛。這次生病，我沒有跟她說，她不知打哪聽來的，急急忙忙就趕來榮總，然後抱著我大聲號哭，一直說：「不是這樣的，不是這樣的，你很清楚我，生病也該是我，怎麼會是你！不該這樣的，不該這樣的。」我雖然安慰了她，但她走後我沮喪極了，雖然生病以來，不曾埋怨，但是總也會被挑起潛藏在心裡的一些什麼！回顧以往，許多被扭曲被誤解被輕視而不舒服的心情浮現，突然之間感恩的心消失了，雖然聖經上說：「不要為做惡的心懷不平，也不要忌妒惡人」，可是我卻仍然心有疙瘩。

美國生理學家愛爾馬曾設計簡單實驗，研究心理狀態對健康的影響。他把一支支玻璃管插在攝氏零度冰、水混合容器裡，蒐集人們不同情緒時的「氣水」。試驗發現一個人心平氣和時呼出的氣，所凝成的水是澄清透明，無色、無雜質的。悲憤時，水中有白色的沈澱。生氣時，有紫色沈澱。愛爾馬把生氣時呼出的「生氣水」注射到大白鼠身上，幾分鐘後，大白鼠竟然死了。他分析，生氣十分鐘其所消耗的精力，大約是參加一次三千公尺賽跑；生氣時的生理反應很劇烈，分泌物比任何情緒時更具毒性，因此他的結論是：「動不動就愛生氣的人很難健康，更難長壽。」

我不是一個對小事容易動怒的人，但卻常自以為公正人士而憤憤不平。如今可要好好思考。我的呼吸是什麼顏色的了。

背向太陽的人，只會看見自己的陰影，別人看你，也只會看見你臉上陰暗。

誰的相思在風鈴中響起

【92。01。01】

不知為什麼從國中起就一直很喜歡風鈴，不同的風鈴聲響有著不同的味道與心情，婚後外子嫌風鈴聲吵人不休，擾人思緒，所以不許我掛風鈴。我總想那是風鈴相思擲地有聲吧！墾丁風鈴祭，特別有想去的念頭，覺得那裡也許有著少年的回憶，青年的夢吧！風鈴祭裡有許多不同的風鈴，類型不同，鈴聲不同，造型不同，質感不同，雖然我愛，但是沒買成。我要用特異功能來發功，也許有一天我能擁有一個風鈴，而今，就讓我的風鈴在心中清脆的響起吧！學生歐陽寄來幾句話是這樣的：

有沒有一雙手，握住了便不輕易放手？
有沒有一個肩膀，可以一輩子都有著安全感倚靠？
有沒有一場擁抱，緊緊的讓兩個人再也不分開？
有沒有一種約定，是相約每一個來生都要和你相遇？
有沒有一段感情，深深刻在心裡一輩子不會忘記？
有沒有一個人，是你用盡了一生力氣還捨不得將他遺忘？

我想加一句：有沒有那麼一種聲音，聽見了就一輩子記在心裡頭呢？它是我的風鈴！不記得哪兒看過這麼一段話（或者是一首詩），但是我想它是貼切的描寫了我與風鈴之間的關係呢！

我希望能夠愛你 卻不會緊抓著你。（我愛風鈴，可我不會抓著它，抓著就不響了）
欣賞你 但能不帶批判。（我欣賞風鈴，對它的聲音可是沒有任何批判，就是聽）
參與你 而沒有任何侵犯。（我參與它的生命樂章，不敢有絲毫侵犯）
邀請你 卻無絲毫勉強。（當我逾越或悲傷時，我會邀請風鈴聲分享我的心情）
離開你 心中不會有愧疚。（當我離開時，我知道風會為我陪伴著它）
幫助你 卻不帶冒犯。（當它疲憊時，也許我會不帶責備的碰觸它，邀請它）
如果 你也能如此待我。（我願意相信我的風鈴是如此真誠的對待我）
那麼 我們便能眞實相待並豐潤彼此的生命。（在風鈴響起時，我們生命交會著）

為了要去與久未謀面的風鈴見面，我穿著打扮十分美麗，因為我已習慣一進車子或在室內就把頭巾取下來，但這回我下車時，卻是忘了這事兒。當週遭異樣的眼光朝我而來時，我還挺自在的覺得這我時髦的打扮。沒想到一陣海風吹來，頭上冷颼颼的，才發現原來週遭的人眼裡看的心裡頭想的可能是：「這是哪來的花尼姑哪！」趕緊回頭戴上頭巾！哈哈！又是日行一善，把歡樂與驚喜帶給人家！

喜歡一個人，是一種感覺。不喜歡一個人，卻是事實。事實容易解釋，感覺卻難以言喻。

怎麼規劃你的死亡？

【92。01。15】

新豐高中王校長對我許多指導與期許一直銘記在心。很久以前就答應到該校與教育夥伴們一起分享，今天終於成行，以「人生危機與轉機」為題，共同探討人生。想必這是一所相當具有凝聚力的學校，因為明天要退休的同仁都還來參加這場午後分享，令我非常敬佩。

為要能夠更貼切的針對危機轉機這個話題，最後特別分享我罹癌的過程與心情，並且告訴他們演講完後，我將直接住進榮總，進行第五次的化療。我看著眼前有幾位女老師流下不捨的眼淚，讓我很受感動，互動的時間裡，他們提出兩個問題。第一個問題是，你怎麼做你的死亡規劃？第二個問題是，你怎麼能夠坦然的態度面對這事？

針對第一個問題，我說死了，就不必規劃了。但是生前一定要做好準備。即使我不是很有規劃的人，我也會做一個完整的交代，這事平時我就不忌諱談的。我之所以這樣，其實是有深深之痛，因為家父過世前一直都不知道他罹患癌症，當初我們的一片善心，卻成了我們一輩子的痛，人若不在生前表達愛心善意，死時將是莫大的遺憾，而我們若沒有讓對方表達的機會，也是一種深深的遺憾記得有一位朋友說，人一出生就是求好死！如今想來真是有道理的。

第二個問題，我的答案是因為信仰！神的恩典在人的軟弱上更顯剛強，我常常覺得因為弟兄姊妹的代禱，我才能夠撐得下來，我沒有想像堅強，我是軟弱的，我仍是需要不斷的被提醒與鼓勵。我記得前圖書館主任在罹癌時，曾經跟我說，如果不是信仰，他實在熬不過這痛苦，常常想從樓上跳下。的確，信仰就是力量！生命有盡時才會顯現生命的可貴，肉體有極限才顯出神無限的可能，逃避問題也不代表問題不存在，不相信有神也不代表神並不存在。

一篇「世界的最後一晚」文章（Ray Bmdbu V），它的配圖是一幅手繪的居家景象：四口之家晚上共聚一堂，爹地倒咖啡，媽媽喝咖啡，兩個女兒在客廳排積木。兩人最後的對話是互道：「Good night！」丈夫說：「妳知道嗎？除了妳和兩個女兒，其實也沒什麼好留戀的。我從來不曾眞正喜歡這座城市，也不喜歡我的工作，或者任何你們三個以外的事物。如果眞要說捨不得，恐怕只有四季的轉換、熱天裡一杯冰得透透涼涼的水。還有，我喜歡熟熟睡著的時候。」

這才是面對死亡勇敢的態度吧！

命運確實幫助那些善於判斷的人。《尤里披蒂》

在音樂結束前，你做什麼？

【92。01。16】

躺在榮總，看著注射的化療藥品，我想起昨天的問題，如何面對死亡。倒是想起曹又方女士為自己舉行的告別式，因為她想在活著的時候聽聽朋友對她的思念之音吧！我呢？不曉得如果我去世，我會聽到什麼呢？或者，我想聽到什麼呢？

有一位長者，曾經說假如他得了不治之症，他要去吃河豚大餐，最好吃了以後死去，然後把骨灰灑在太平洋！要不然就在工作場所快快樂樂的死去，要不就在高爾夫球場猝死！其實不管什麼儀式，我都覺得不枉此生才好！

有一回我看到一個極長的送葬儀隊，據說是做給別人看的，果然「看」的人非常非常多，因為都被擋在路上了，但同時也有許多的人在抱怨。這時候我就聽到一位老人家說：「這樣的送葬儀式不好，因為讓別人不方便或者幹譙，這樣對死者不好，對子孫也不好，也是子孫的不肖！」，「生前一粒豆，勝過死後拜豬頭。」好言好語還是生前多說吧！

學生轉來一首英文短文，據說是一個即將去世的女孩寫的：SLOW DANCE慢慢的、輕輕的跳舞。

你曾經注意過小孩玩旋轉木馬嗎？
或是仔細的聽那雨打在地上的聲音？
有沒有注意到蝴蝶任意的飛舞？或是盯著太陽直到日落？
把你的腳步放慢， 慢慢的跳舞。因爲時間短，音樂很快就沒了！
你的日子是不是像飛一樣的跑過你的眼前？
當你對人家問好，有沒有聽到人家也給了你回覆？
夜晚來臨時，躺在床上的你是不是還滿腦子做不完的瑣碎事情？
你有沒有匆忙的告訴你的小孩；我們明天再做。但沒看見他的失望？
與好友失去聯絡，是不是因爲你從來不打電話問好？
當你腳步太快，你失去了沿途的愉悅。
慌亂的過一天，就像丟掉了一個還沒打開的禮物。
生活不是競賽，慢慢來。
在音樂結束前，請仔細的聽它。

人若賺得全世界，賠上自己的生命，有什麼益處呢？人還能拿什麼換生命呢？《聖經》

你知道家庭是什麼？

【92.01.18】

有一次搭火車北上，在彰化時有一個小學五年級的女生上車。我習慣與人聊天，一方面增廣自己的見聞，一方面也可以了解不同的世代的看法，沒想到當我們的談話提到「孝順」時，這小女生居然說：「這是多麼不公平的事！父母養我最多廿年，我卻可能養他們四五十年！」當下我真的瞠目結舌不知怎麼接下去！

朋友的孩子更絕，有一天他們一家子在聊天的時候，這孩子突然說，我以後一定不生小孩，因為如果生到一個像我這樣的孩子，我一定受不了的！「她知道她會受不了！卻不知道我們已經受不了！」朋友幾乎大叫的對著我們說。

我的一位學生則是這麼對他的父親說話：「你說你白白養了我，我不知回報？我沒有回報？在你養育我的過程裡，我帶給你多少快樂！我讓你有多少的滿足感！這些都是啊！」另一位學生則是這麼說的：「請你們不要說為了我而不離婚，我可承受不了當你們維持婚姻的藉口，你們都是成年人了，自己負責，不要我來負責！」

也許因為與孩子的代溝，也難怪朋友看見他那穿著落褲、染著金髮，耳朵穿著五個洞的孩子時，轉頭跟太太說：「不要把精神浪費在別人的老公身上，不要為了別人的老公而生氣，還是照顧好自己的老公我吧！」也難怪朋友對他的先生說：「不要那麼省錢，想想這些錢留給孩子，結果被媳婦花光了，現在你只不過是花媳婦的錢，這樣會快樂一點。」

記得余光中年輕的時候著有一首「鄉愁」，開頭這樣寫著：

小時候，鄉愁是一張小小的郵票；母親在那頭，我在這頭。

長大以後，鄉愁是一張小小的船票；新娘在那頭，我在這頭。

後來啊，鄉愁是一座小小的墳墓；母親在裡頭，我在外頭。

也許孩子需要一點時間才能體會父母心，也許孩子需要更多的教導才能了解父母愛吧！只是，身為父母的我們，等得到看得到體會得到嗎？

「家庭」（family）的真正含意是：

FAMILY＝（F）ather（A）nd（M）other，（I）（L）ove（Y）ou爸和媽我愛你

【92。02。06】

這次玩真的

一個十歲的小學生發現五年級的數學實在是他這一生中最難的功課。舉凡家教、同學、CD教學片、教科書都試過了，但都沒用。最後父母決定把孩子轉進一所天主教私立小學。沒想到開學的第一天放學後，小傢伙走過父母親面前，逕自回房把門關起來。吃過飯後又直接回到樓上，認眞的做功課直到就寢。這樣的模式一天繼續一天，直到第一次發成績單。

那天，他父母親打開成績單，讓他們驚奇的是數學成績居然是A。他們欣喜萬分地衝上兒子的房間，爲他的進步激動不已。

「是那些修女嗎？」爸爸問。「不是。」兒子回答。

「是課前的禱告嗎？」媽媽問。「不是。」

「是教科書、老師、還是課程安排？」爸爸問。「不，不是。」

「喔！那麼，是什麼原因呢？」媽媽問。「因爲進學校的第一天，我看見一個人被釘在加號上面，我知道…他們是玩眞的。」

我在許多人的禱告與祝福下，順利完成前五次的化療，真的感謝神的憐憫。

過來人所謂的極度噁心嘔吐，我都沒有深刻體驗，沒想到，這第六次化療全部都強烈來襲。這次真的玩真的。躺在床上不敢動一動，因為只要一動，就會噁心想吐，我正在印證了別人的經驗，我吐得悉哩嘩拉的，沒有胃口，甚至連說話的力氣也沒有，眼睛也懶得睜開了，只有靠著一些想像，作為一點點激勵，讓自己的心情還算愉悅。

只是很奇妙的是，當我在洗手台前嘔吐時，突然有一句歌林多後書的經節鑽入腦中：「今天所受的苦難是要將來安慰受同樣苦難的人」，苦難在霎那之間變得可以忍受了，我一邊吐，卻也一邊為自己這樣的想法感到好笑！這是基督徒的使命還是輔導人員的特質？我居然還能苦中作樂！不過，若不讓自己快樂一點，恐怕身體的苦難就要勝過我了。我感謝神在前五次的憐憫，讓我的痛苦可以忍受，今天第六次化療後，我真正體會化療之苦，苦在難言啊！

有一位婦女搭機時遇到暴風雨，飛機顛簸不已，全機的人都驚惶失措，只有一位老太太神色自若的低頭禱告。看不出一絲絲驚慌，坐在她旁邊的人很好奇，就開口問她，你眞的一點都不害怕嗎？她笑著回答說：「我有兩個女兒，我現在搭機就是要去看二女兒，如果飛機平安無事，我就可以與她相聚。而我的老大已經被神接走了，如果我今天墜機，那麼我就可以與她在天堂相聚了。所以，我不必害怕啊！」

沒有烏雲，沒有暴風雨，就沒有美麗的彩虹。《芬生》

不過一念間

【92。02。18】

因為我生病了，所以抽煙的朋友在犯煙癮時，總離開位置去抽煙。有一天談到菸害，一個抽煙的朋友談起目前建立無菸害校園一事，有著相當的無奈。他說：「除了不允許學生抽煙外，甚至還鼓勵學生檢舉抽煙的老師，假如這是真的，那麼這實在是一個非常奇怪的制度。未成年的大學生可以抽煙、監獄的人犯可以抽煙，可是我們這些成年人卻必須躲著抽煙，比監獄裡的人犯還不如！」，他停了一會說：「專家學者說，因為高中職學生未成年，所以老師們要以身作則，不可抽煙。假如這種理論是對的，那麼高中職學生未成年，不能有性愛關係，所以你們這些老師們就不可以有性行為了喔！」

聽起來好像很奇怪，卻又好像有那麼一點道理，我不知道怎麼去反駁。

一對夫婦開著車去旅行，計劃從紐約到波士頓去，在開了好幾個小時的車之後，他們覺得很累，所以決定要去飯店休息一下。他們只打算睡幾個小時就離開，再繼續他們的旅程，在他們休息足夠後，他們便到櫃台去結帳。結果服務人員遞給了他們一張美金三百五十元的帳單。

先生很驚訝的説：「雖然這的確是一家很棒的飯店，但也不至於需要這麼貴吧！讓我跟你們的經理談談！」

經理説：「我們這裡有符合奧運標準的游泳池，很大的會議室還有和賭城及好萊塢那邊一樣精彩的表演可以看。(所以收費那麼高是合理的)」

先生：「可是我都沒有用到啊。」

經理説：「這些設備都在這裡，是你自己不用的。」

這位先生拗不過，開了張支票給經理。

經理：「先生，你這張支票只開了一百元，還有二百五十元呢？」

先生：「這二百五十元是你跟我老婆上床的費用。」

經理：「可是我都沒有用到啊！」

先生：「她都在這裡，是你自己不用的。」

有些事因著語言或幽默或狡辯而顯得有趣，有些事呢，可是各自會意呢！

兩個不如意的年輕人，一起去拜望師父：「師父，我們在辦公室被欺負，太痛苦了，求您開示，我們是不是該辭掉工作？」兩個人一起問。

師父閉著眼睛，隔半天，吐出五個字：「不過一碗飯。」才回到公司，一個人遞上辭呈回家種田，另一個卻沒動。

轉眼十年過去，回家種田的，以現代方法經營，加上品種改良，居然成了農業專家。另一個留在公司裡的，也不差。他忍著氣、努力學，漸漸受到器重，成為經理。

農業專家說「我一聽就懂了，不過一碗飯嘛！日子有什麼難過？何必硬巴著公司？所以辭職。」

經理笑道：「師父說『不過一碗飯』，我只要想『不過為了混碗飯吃』，老闆說什麼是什麼，少賭氣、少計較，多受氣、多受累，就成了。」

兩個人又去拜望師父，師父已經很老了，仍然閉著眼睛，隔半天，答了五個字：「不過一念間」。

緘默有時是最嚴厲的批評。《巴克斯頓》

Part 5 落在地裡的麥子

一粒麥子不落在地裡死了，仍舊是一粒；
若是死了，就結出許多子粒來。

我沒有錢，但我很富裕

【92。03。11】

學生來看我，她不知道我生病，只想看看我並分享她最近的遭遇。因為爸爸幫人做保，家裡被查封，所以近期要搬家，她覺得難過與委屈。這些我懂，一夕之間，要改變所有的生活模式，而且是往下改變，當然不容易接受。

因為我帶著頭巾，她最後還是忍不住的問我發生什麼事，我把這些日子以來的經歷跟她說了一遍，最後我問她，如果人生是選修課，你只能選這兩門課之一，一是破產，二是罹癌，你會選擇哪一門？她看著我很久，然後輕聲的問：「老師，我可以不可以倆個都不要？」我堅持一定要選擇一個，她笑笑的說：「我還是選擇目前的狀況好了！」

一位富翁帶他的兒子到一個農莊去體會一個「貧窮」的家庭。他的兒子回家後，父親問他：「你明白了什麼是貧窮了吧？」兒子點頭說：「我明白了：我們只有一隻狗，而他們有四隻狗。我們的花園有個五十米長的游泳池，而他們有無盡無限的海灘；我們有進口來的水晶燈，而他們卻擁有無數閃亮的星星。我們有幾十畝的園地，但他們游牧在一片無際的草原。我們有工人來服侍我們，但他們更樂意地去幫助人。我們用錢買食物，他們以耕種得食。我們用牆保護自己，他們卻有朋友保護他們。爸！我明白了，我們實在太窮了！」

結婚多年後，有一次與朋友聊天，外子談起當初他與我認識時，覺得很納悶卻又很溫馨的感覺。納悶的是這對孤兒寡母住的是木造簡陋的房子，經濟也不充裕，甚至因為我在外讀書，媽媽每天一個便當充飢，可是他只要一踏入我們家門就覺得溫馨與快樂，似乎經濟的壓力與生活的清貧絲毫無損於我們對生活的態度。聽他說起這事的當時我嚇了一跳，因為這是我從來不知道的。

當然，沒有人喜歡貧窮，但是清風明月何嘗不能豐富生命？很多相同的境遇，卻是可以有不同的心情。在我們這個年紀，誰沒有個艱苦的童年、奮鬥的青年和期待成功的中年。

「唉！年輕的時候，有閒沒錢。而今有了錢，又沒了閒，眞倒楣！」一人說。另一人笑道：「我可比你強多了。我啊！年輕的時候沒錢，可是有閒；現在雖然沒了閒，可是有錢！多好啊！」

搬不動的東西，經過忍耐可以變輕。《賀瑞斯》

我一定要自己走過

【92。03。15】

有一位學生來信寫著：「主任您說過，進輔導室不難，走進來就是了。但是現在，我明白到底是難在哪裡？只剩下我的沮喪、我的難受以及我的尷尬。對不起……辜負了您。」我懂這孩子的意思，他覺得他無法在我們的活動中盡情揮灑他的熱情以及才華。

一位成名畫家返鄉探望他的老師，他看到老師還在努力的教導小朋友臨摹，露出驚訝的表情說：「老師，您還教這些啊？我覺得應該讓小朋友發揮他的創意，像我現在，我的畫總是隨心所欲……。，您不該老讓孩子侷限在規矩之中啊！」老師看著他，笑笑說：「別忘記你就是從這些規矩中才體會出創意的。」

我約他在樹下聊聊，也寫了幾個故事與他分享。我這樣寫著：「親愛的孩子，懂我的意思嗎？也許你會覺得如果我們凡事都說「YES」，才是信任你的熱情，欣賞你的才情。可是，你可知道？正因為我們信任你的熱情，欣賞你的才情，我們才必須讓你知道，自由是在限度之內。親愛的孩子，你的字不都是從ㄅㄆㄇ

匸一字一字寫出來的嗎？你的文才，不都是從一本一本書看出來的嗎？你的口才，不也是一句一句練出來的嗎？」

在「引爆趨勢」這本書中，描寫紐約地鐵犯罪率下降，引起學者的注意，研究結果竟然發現，地鐵局只做了兩件事，第一件事是加強查緝逃票，第二件事是只要有人在牆壁上塗鴉，立刻再漆回白色。這兩件事發生什麼效果呢？原來，逃票中竟然有相當比例的人是通緝犯並帶有槍械，因爲查票緊了，所以犯罪率下降；其次因爲環境明亮，所以大家心情也好了，少了爭執也覺得安全。

職場有倫理，行政有制度，做事有方法，假如我們任憑你隨心所欲，也許並不代表我們愛你，反而是「礙」你了，畢竟你還有一大段人生路要走。正因為我們如此熟悉，我們希望你更好，聰明如你，懂得的，是不？」

喜歡與學生一起的感覺，雖然我們常常有著不同的看法與心情，但是我卻覺得在他們的喜怒哀樂中常常看到自己憤世嫉俗的影子，不過我也記得，侄子堅持重考前對我所說的一句話：「阿姨，你說的都對，可是我一定要自己走過才對。」這就是年輕吧！

青年時期是要做一點什麼事情即變成一個什麼樣人的時機。《曼格爾》

分手的藝術

【92。03。19】

二月美玲主任來電請我在該校週會時作一個兩性教育的專題演講，當我接到公文時，她給我的題目是：「分手的藝術」，趕忙打電話給她，請她將題目改為「問世間情是何物」，這樣的內容比較廣泛可以涵蓋著親情、友情與愛情。

我跟學生談分手的藝術時，我總是會說，要談分手很難，重要的是在你找對象的時候是不是找到好對象？有質感的對象在情已逝時所表現出來的，當然就是有品質的分手囉！如果我們是一塊玉，我們吸引的是賞玉的人，如果我們是一塊腐肉，那麼吸引來的當然是蒼蠅蚊子了！所以在談感情之前，最應該把自己準備好，讓自己成為有品質有品味的人，那麼就會吸引有品質有品味的人。

學生e-mail一篇叫「適合分手的季節」文章是這樣寫的：

一月不宜：拜年時親戚會追問你的婚期。

二月不佳：不然你的情人節會很孤單。

三月不好：你親手做的巧克力不知該送誰。

四月不當：陽明山的櫻花沒人陪你賞。

五月不妥：你的減肥計劃會因爲沒動力而取消。

六月大忌：你也不想渡假時只能和友人結伴同行吧？
七月想延期：否則這個暑假將會是百般無聊賴。
八月分的話：又會令你失去了到海灘暢泳的興緻。
九月又會想：中秋時分倍覺傷感。
十月沒事忙：週末晚上要獨自在家看影碟。
十一月微涼了：北投的泡湯大概不用算你的份兒。
十二月天氣冷：你會想聖誕節該去那裡取暖。

所以，總而言之，言而總之，就是一年四季都不想分手，因為都捨不得。

談過戀愛的人都清楚，愛情一旦跨越過半生不熟的階段，常以無法控制的速度進展，陷入熱戀期的男女，就像江蕙的歌詞裡的一句話：「很多真憨的代誌，都發生在熱戀的時」，激情時通常會做出令自己很難想像的熱情舉動、浪漫行為。但是，愛情不是永遠在高峰，也許有一天兩個人會走到無話可說、形同陌路的地步，那實在是難以形容的痛，但走過傷痛人就更成熟了。如果對方執意分手，就讓他得到他想要的，而你得到你的自由吧！總會雲淡風輕的。

所謂約會，就是一對男女展現自己前所未有的精湛演技的時候。

偷走了幾根玉蜀黍？

【92．04．11】

感謝慧森主任之邀請，讓我有機會參加該校的成長營，與一群教育工作者一起度過美好的兩天。

我的課排在第二天中午一時至三時，這時間真是要費盡腦汁了！因為第一天的課程內容豐富有音樂輔導也有觀星活動，更有著師生加冠儀式與談心時間，想必學生一定與我一樣把握機會，聊到不行；第二天上午的墾丁之旅一定又耗盡了體力，而我的課是在中午一點半到三點之間，我想鐵定有人是支撐不了的。

當我抵達會場時，很令我訝異的是，雖然校長開會去了，不在現場，可是導師們都坐在會場後面，認真負責之態度令我敬佩。演講的開始，我並沒有說出我罹癌的經驗，只是拿出五頂假髮，先告訴他們換個造型可是會換個心情呢！潮中的孩子大方可愛，我們有了好的開始，看到他們燦爛可愛的笑容，想起「教育」，想到何明堂校長在一篇文章裡語重心長的與同仁們分享的一段話：

「數十年前，陳之藩博士倡導應多推動『加法教育』，摒棄古老的『減法教育』頗有見地，特提出來與同仁共勉，提供同學思考。陳博士說『減法教育係把學生當作礦物，雕鑿斧砍，使礦物定型。加法教育係把學生當成生物，培養灌溉，讓生物生長。』那一種教育方式？可以幫助者學習加分，讓學習者更有信心，學習者更願意主動學習。」

我們究竟要給孩子什麼？能給孩子什麼呢？

有一位國外大學校長，在新生訓練中對學生們講過的一段話。他說：「你們在學校所學的知識，畢業以後，保證80%以上都會忘記。教育的目的，就是要把你在學校所學的完全忘記之後，你還剩下什麼？」

台灣科技大學資訊管理系教授盧希鵬曾經在一次演講時說到一個故事：

許多東北的狗熊跑到玉蜀黍田裡偷玉蜀黍，這些東北狗熊進入玉蜀黍田後，通常都會用雙手偷下第一根玉蜀黍，便夾在左手的腋下，然後再用雙手偷下第二根玉蜀黍，再夾在左手的腋下，又摘下另一根玉蜀黍，再放在自己的腋下。你們知道最後狗熊偷走了幾根玉蜀黍？「一根！」因爲狗熊每一次張開牠的腋下時，就把以前所夾的，通通掉在地下了。

在受過多年教育之後，我們真正記得的知識有多少？但是我希望戴過假髮的同學，會記得這樣不同的心情。

不是無知本身，而是對無知的無知，才是知識的死亡。《A。N。Whitehead》

我的血緣親屬與心理親屬

【92．04．16】

姊姊與我相差十歲，在我有記憶的時候她已經出外求學。對她的第一個記憶是騎著腳踏車載她去送喜帖。所以嚴格說起來，在過去的歲月裡，我們雖有血緣關係，並不算是太親密。

我們兩人的個性也有相當大的差異，她樂觀的心情，常常使我無言以對，她對神的交託在她最辛苦的時候顯露出來，這些都是我所不及的！雖然她的一雙兒子媳婦都很孝順，也都有著正當的工作，但是姐夫已經退休，她的經濟能力並不寬裕。可是這次生病，她把她認為所有最好的東西，什麼超音波SAP浴桶、遠赤外線儀器、氧氣健康器等全部送到家裡來，只為了希望我健康。沒想到因著這場病，反而使得我們彼此更了解，我也從她那裡獲得了更多更濃的姊妹深情。也因這場病，她分擔了安慰我那八十幾歲的老媽媽的重責大任！我很高興因為這次生病與姊姊建立更好的關係，親情是一種非常特殊的情感和動機，我衷心祝願她未來的日子在神的祝福下更為美好。

但我也因為這次生病體驗了肯特．貝利(Kent Bailey)博士所謂的「心理親屬」(psychological kinship)，因為照顧我的人，也都是我的心理親屬了！

鮑叔牙和管仲合夥做生意，管仲總在分錢的時候，多分給自己一些。可是鮑叔牙認爲不是管仲貪心，而是因爲家窮。管仲爲鮑叔牙計畫事情，愈弄愈糟，鮑叔牙不認爲管仲笨，說只是時運不佳。兩個人一起去打仗，管仲三戰三逃，鮑叔牙不認爲管仲膽小，只知他有老母在堂。甚至當管仲被抓，還是鮑叔牙去向齊桓公保薦，使管仲成爲宰相。

有多少親友朋友可以看到彼此的需要？血緣與否似乎不是最重要的了！心理親屬就是「不管對方和我有無血緣關係，都以看待『家人』的態度，接納對方的感情和行為。」即使沒有血緣親屬關係，也可以藉著結交心理親屬，擴大或取代原有的血緣家庭。只要細心觀察就可發現：許多社會生活的內容與社會制度的設計，也因為這種新關係而有了改變。

這樣看來，住在前面的芊芊、住在後頭的東方老師、郭太太、陳媽媽以及為我們撲火救屋的李老闆夫婦，這些好鄰居們也許在心裡都有著某部份的相依親情才是囉！

以無血緣關係的朋友代替血親而結成密如家人的網絡的這個趨勢，也許是人類歷史上的頭一遭。《肯特·貝利》

替我問候你媽媽

【92.04.30】

一對新婚夫妻到墾丁渡蜜月特別來看我，他們的分享中敏感到婆媳相處也是他們之間正在面對的問題，只是新婚的喜悅還沒有使問題擴散而已。

曾經帶領一次的婦女團體時，有一位看來非常賢淑的女性談起她的過往，竟然有點哀怨的說：「我不知道該怪我父母的教養太好，還是我的命不太好，娘家父母疼媳婦，所以我回家要做家事，不可讓兄嫂有話說，但是我的婆家疼女兒，我是一點地位也沒有，委屈還不能回家說，因為爸爸說不要讓娘家丟臉。」聽得大家都很心疼，這樣的教導，成為她婚姻的難處，什麼才是對呢？家庭是一個矛盾的團體，天生具有愛與衝突，家庭提供個人成長的養分，卻也扼殺個人的成長！

聯合報刊載一篇名叫「替我問候你媽媽」文章，作者寫著全文描述著夫家的大小事也就是媳婦的事，而娘家的事可就不關先生的事。結論是如果媳婦也能以一句「替我問候你媽媽！」來表達對婆婆的孝心，也許日子就會好過多了，淺顯的文字裡含有多少的哀怨啊！這是在台灣的社會裡確實普遍存在的問題。

我許多的朋友在特別的假日裡，因為媳婦的身分，被婆婆要求最好不要回娘家，但是奇怪的是夫家的女兒怎麼能夠全部回來呢？在夫家，不幫女兒做家事的的女婿不是新好男人，可是為什麼幫媳婦做家事的兒子卻是凸顯得媳婦不應該？實在難為了這中間人！這「中間人」只好各顯神通以維持婚姻的美滿了！但是不聞不問卻又可能會成為未來婚姻的潛在危機，倒不如共同面對取得平衡！

我所認識的「中間人」有的在小家庭裡什麼都做，回婆家時倆人也有共同的默契，讓先生成為坐享其成的大老爺；有的「中間人」為了求家庭和諧，在長輩面前偽裝地說說配偶的不是，讓長輩覺得站在同一陣線，事後再以各種方式彌補；也許在其他人眼裡，認為他們實在不必要如此委屈，然而，朋友說：「委屈若是可以求全，我為什麼不試試，何況也不見得只有我委屈，也許對方也覺得委屈呢！而且我跟你說喔，他們會老我們會茁壯，何必計較那麼多呢？」婚姻美滿真是各有巧妙啊！真要計較也許輸了裡子也沒贏著面子呢！兩個人的相處細節，只有兩個人最清楚，任何旁人都沒有辦法介入去瞭解的！所以，千萬不要只看婚姻的表面就輕易下斷言哪！

愛的名字很多，最重要的一個叫做「體諒」。

婆婆媽媽母親節

【92。05。10】

今年的母親節對我來講相當沉重，因為是懷著愧疚的心渡過的。面對家裡的媽媽，我的病讓她承受的不只是擔心與憂鬱，還有害怕失去我的恐懼，從小的相依為命，我們彼此太了解對方了。無論是處於青春叛逆或中年危機階段，總是瞞不過她的法眼，而她對付我的唯一方法就是為我禱告，因著她對神的信心，她膝蓋的功夫成就了我的平穩，她的愛是長闊高深的。

面對嘉義的婆婆，其實也是多有虧欠的。婆婆的烹飪是一流的，許多拿手的菜在外面是吃不到的，至今想來都還會垂涎三尺；她整理家務的功夫也肯定是一流的，經常我的冰箱經過她的巧手，就多出了三分之一甚至更多的空間；她對孩子的教導是品德與習慣的培養，嚴厲中不失愛心，規矩中仍有彈性；廿年來，一個與她全然不同，不會烹飪不會料理家務人當她媳婦，我覺得她是容忍我許多了！

跟女兒說，這次有這麼多阿姨陪伴著我，你似乎沒有機會盡一點孝心喔！下次一定不可這樣！她立刻回嘴說：「你不可以有下次，現在就要健康」！雖然很多人覺得怎麼學輔導的人也會教出叛逆的女兒，我卻欣賞著在她身上我所沒有的優點。少年輕狂總是難免，何況在她年幼的時候，我不就是希望教導她成為一位獨立自主有見地的人嗎?也許年輕癡狂的她不見得會體會一個做母親的心，也許她的表現不如我同事孩子們的優異，但是我仍然相信她是神給我的禮物。

杜魯門當選總統後不久，有一位記者拜訪她的母親。

記者笑著說：「有這樣的兒子，你一定感到十分自豪。」

「是的。」杜魯門的母親答道：「我還有一個兒子，同樣使我感到自豪。他現在正在田裡挖馬鈴薯。」

在媽媽的心中，每一個孩子都是寶，手心手背都是肉。敬愛的婆婆媽媽，謝謝你們包容的愛，親愛的孩子，謝謝你帶來的快樂。其實在人生的旅途中，我還有許多媽媽的愛，例如陳媽媽魏英妹女士特別參加我婚禮，並為我徹夜流淚禱告；楊惠理姊妹在我最需要的時候北上相伴，這些都是點滴在心頭，永誌不忘！

愛心只能用愛心培養，情感只能由情感澆灌。

完整還是完美？

【92。05。16】

今天到楠梓翠屏里活動中心去分享，會後有夥伴問起感情的完整性，我突然想起希爾。西爾福斯坦所寫的「失去的那一部分」，這故事也常在網路上流傳：

有一個圓被切去了一個三角型部份，他總覺得心中不舒坦，一直想要恢復完整，希望自己沒有任何缺陷。於是他開始了他的旅途，因爲他的殘缺，也因爲他必須要四處尋覓那失落的部分，所以他只好慢慢地滾動。他找到不同的碎片，但卻都不適合，他只能將它們留在路邊。而因爲他慢慢地滾動，他不但欣賞到了路邊的野花，享受到溫暖的陽光，小雨的滋潤，還交到了像毛毛蟲等朋友。

有一天，他終於找到了一個非常適合它的碎片，他好開心，因爲它現在是完整的圓了。於是他趕快把它黏上。因爲它已是完整的圓，滾動得十分快速，快得使它無法欣賞到了路邊野花，無法享受到溫暖陽光，小雨滋潤，也無法和毛毛蟲等朋友聊天。它一直覺得不太對勁，終於它發現是它滾動得太快，快得使它的世界完全不同，它無法欣賞世界的美好。它想了很久，終於決定把那片補上的碎片丟在路旁，還是自己慢慢地滾開。

有一次開會，何校長有感而發的說，人不能什麼都要啊！想必這句話也讓與會的人有不同的感觸。我們常為失去的機會或成就而嗟嘆，但往往忘了為現在所擁有的感謝！我們追求的究竟是完整還是完美呢？也許沒有正確的答案，只有適合自己的答案吧！

有位在商場上有著驚人成就的企業家。一天陪同他的父親，到一家高貴的餐廳用餐，現場有一位琴藝不凡的小提琴手正在爲大家演奏。

這位企業家在聆賞之餘，想起當年自己也曾學過琴，而且幾乎爲之瘋狂，便對他父親說：「如果我從前好好學琴的話，現在也許就有機會在這兒演奏了。」

「是呀，孩子，」他父親回答「不過那樣的話，你現在就不會在這兒用餐了。」

所以，問題不是「有沒有遺憾」而是面對遺憾的態度。生活就是生活，我們都是脆弱的人，給自己一些理由而不斷沉溺於自怨自艾中自然是找到了怨氣的出口，如果把自己當成是代罪羔羊，但將形成更大的問題。但是，如果能夠把遺憾當做生命中可貴的經驗，將使生活海闊天空了。我們當然不願意有傷痛的事發生，但是，事情已經發生了，如何勇敢的接受它、面對它，並且把傷害減到最低，想必是一門必修的課程。

人可以攀至顛峰，但不可以在那裡逗留太久。《蕭伯納》

你是我高中同學

【92.06.04】

讀高師大成人研究所三年間，或學習或討論都深深撞擊著我。去讀書，是因為覺得自己已經耗竭枯乾，得不到任何的援助，感受不到些許的滋潤。沒有想到遇到余嬪教授時，她的第一句話是：「你知道我是誰嗎？」我看著這麼美麗的教授，我謹慎的回答說：「我當然知道你是誰，你是成教所的教授啊！」她大笑的說：「你真的忘記了嗎？我是你高中同學！」

怎麼跟廣告完全相反呢？廣告說的是：「我不是你高中同學，我是你高中老師！」而眼前，我的教授卻是我的高中同學！我們對對方的回憶各有不同，我記得她的字很漂亮，文史很棒！她記得我說，因為我四音半（五音不全），所以只能當班上合唱團的指揮！（原來我對聲音的自卑很早就已萌芽茁壯了！）

說實話，她對我的影響力大極了，直到今天，在情感上我們是同學是師生，但是在心底她確實也是我的貴人。每一次上完她的課，回屏東的路上，總讓我深思再三，這一路走來，我的改變我自己清楚，對她心存多多感謝，恐怕至今她都不知道她對我的影響力遠超過她所能想像的吧！知道我生病，她一直要來看我，我總以大家都忙，找個空再說而緩。今天無論如何她堅持與淑敏夫婦一起來了。

淑敏是我成教所的同學，令我敬佩的不僅僅是她求學認真的態度，她從高商畢業後踏入婚姻，卻在柴米油鹽醬醋茶的生活裡完成空大學歷，然後以極優異的成績考上成教所，雖然三個小孩年紀都小，但她卻能學業與家庭兼顧，每年都是班上第一名！更令我敬佩的是他們一家都是虔誠的摩門教徒，行事為人與基督的愛相稱，今年度她的先生李世榮感受到社會亂象，辭去中山工商訓導主任工作，更不計薪水的微薄，專心投入該教會教育機構工作，一家人的喜樂平安隨時可感，隨處可見！

有一篇「幾樓的朋友」文章提到：一樓的是「店面朋友」，通常二十句固定的話就夠用；二樓是「客廳朋友」大家可以一起哈啦打發時間，可以繞過每一個人內心裡的孤獨，然後覺得自己好幸福。三樓「廚房朋友」，就是可以剖腹談心的那種。然後覺得自己充分被對方所了解，人生一點也不寂寞。四樓是「臥室朋友」，可以親密、做愛、觸摸的朋友。「頂樓的陽台」，這種朋友屬於「緣分朋友」。

我是幸運的，有著這麼好的師友，在我生活中引導我，影響我，陪伴我；身體的痛或許不可避免，但是想起她們，卻也增添許多的免疫力！我知道很多朋友的禱告，讓我才能有著平安的心情，我也想跟朋友們說：需要我時，我在這裡！

給我一個支點，我可以撐起整個地球。《阿基米德》

你需要有對自己好的勇氣！

【92．06．05】

又有一位患者與我聯絡，聲音中聽得出來焦慮與緊張，也有措手不及的慌亂。其實在與她的對話中，我覺得她除了對罹癌的無法接受外，最大的問題是她對賢妻良母的看法與責任。

她不是問我的手臂多久才能舉高？要復健多久的時間？而是問我要多久才能整理家務？才能烹飪？我楞了一下，問她：「你的孩子多大了？」，她說一個已經卅歲，一個今年準備重考！難道孩子不能幫忙家事嗎？難道媽媽不能告訴他們：「媽媽生病了，你們一起分擔家事吧！」她在電話另一頭遲疑一會兒，然後說：「這些都是我該做的，不是嗎？家庭主婦、賢妻良母不就是這樣嗎？」

聽了她的話，我的心都揪在一起了！為母則強，但是身為母親，沒有生病的資格，只能一味的付出嗎？我好心疼她！直到現在要做決定，心裡頭想的竟然只是我要怎樣讓我的家庭盡快恢復正常，她的聲音裡有惶恐，但是對於家庭的操心卻大於惶恐。我親親愛愛的姊妹啊！珍愛自己好嗎？你這樣讓很多人心疼了！

不少女人如果為自己買一些禮物，需要以多報少，以減輕罪惡感；在西餐廳聊上一個下午，會覺得浪費時間；因為我們的時間總是填滿了別人，因為太習慣於為我們的家人朋友付出，卻常常忘記了我們自己的需求。而且假如家人在你這裡得到太多好處，自己卻不用付任何代價時，你的付出在他心裡其實是沒有什麼價值，你不僅助長了他的自私，也把自己放在很不安全的位置。

我親親愛愛的姊妹啊！你有多少勇氣對家人說你喜歡什麼呢？我曾在一篇文章裡講到這個故事：

有一位父親到台北，兒子媳婦非常歡迎，但也很坦白的告訴他，台北生活緊湊，沒有時間陪他。次日，家中果然只剩下他和孫子。

吃過午飯，孫子開了冰箱，拿出一個日本富士大蘋果，要阿公削皮。他想，這是兒子的家，是孫子要吃的，應該沒有關係吧！所以和孫子一起把蘋果吃了。媳婦回家，一看廚房有蘋果皮，一語不發。等先生回來，立刻與先生到房間竊竊私語，老先生一看情況，知道好像什麼不對了果然，就是那個蘋果惹了禍，雖然孫子在旁說：「那是我拿出來給阿公削的」，這位老先生卻是沈默不語，次日即收拾行李回了家。回家後，把行李裡的一百萬再存入銀行。原來，他體諒兒子在異鄉打拼的辛苦，特意提了一百萬要給孩子，後來他對別人說，我吃了最貴的蘋果，一個蘋果一百萬。」

親愛的好姊妹，想吃蘋果的時候就吃，不要花一百萬去吃！要保重喔！你需要有愛自己的勇氣哪！！

賢慧的妻子哪裡去找，她的價值遠勝過珠寶。《聖經》

把幸福當作標準配備

【92。06。06】

在墾丁小灣的沙灘上，我們插著火把，看著在市區少見的滿天星，突然外子說：「把幸福當作我們家的標準配備」，我詫異的轉頭看他，這麼理性的人怎麼會說出這麼美妙的句子？他拍了一下我的頭說：「你啊！沒有知識也要有常識，沒有常識也要常看電視，這是電視廣告啊！」

什麼是「幸福」呢？每個人的感受可能都不一樣。

在一次講座中，我問已婚的人，會感到寂寞嗎？又怎麼打發你的寂寞？我也問未婚的人，會感到寂寞嗎？又怎麼紓發你的情慾？原來已婚未婚都會寂寞啊！一次同事聊天時，沒有男娃的人遺憾無法傳宗接代，沒有女娃的人覺得少了撒嬌的美味，原來不是有了小孩就有了安心！在一次學生的聚會中，朝九晚五的人羨慕自由自在的瀟灑，從商或自由業的卻對穩定也有著某些程度的心動，原來不論你做什麼事，也都不能全然滿足！那麼幸福究竟是什麼呢？

幸福是睡得好、吃得飽；

幸福是想起心愛的人，會偷偷的笑；

幸福是看到一部好電影，看到一本好書，遇到一個好朋友；

幸福是什麼都不想的時候，就有享受自由的能力；
幸福是……（請自塡）
幸福不是擁有的多，而是計較的少！我們無法擁有所有我們所想要的，我們也了解每個生命都有缺欠，那麼，「感恩」就是我們的幸福的標準配備了。

感恩我的雙眼鼻子，它也許不夠好看，但是我可以呼吸看得見花開花落。
感恩我的雙手雙腳，它也許比不上別人的靈活，但是至少它與我爲伴。
感恩日出日落，讓我體驗陽光洋溢的開朗與綿綿細雨的浪漫。
感恩愛我與我愛的人，因爲你們的出現讓我覺得一生值得。
感恩曾經的遭遇，無論傷心難過或愉悦溫暖，我知道我都有所學習。

還要感恩什麼呢？其實是說不完的。
夫妻團契中，錫杰兄與義福兄今年都剛好過五十大壽，聚會時特別問問他們的心情，錫杰兄開玩笑說：「昨天的事，忘記了；明天的事，不知道；現在的事，我們都在這裡，所以也不用說了」是啊！昨天已成為歷史，明天則遙不可知，而今天是一個禮物，所以英文把現在稱為Present，豈不也是禮物Present嗎？親愛的朋友，我們都要珍惜這份禮物喔！

喜樂的心乃是良藥，憂傷的靈使骨枯乾。《聖經》

輸你一塊錢，讓你糊塗一輩子

【92。06。07】

前一段時間，洪德銘傳道才在生死關頭走了一趟，肝膽脾胰臟胃腸都翻了一翻，讓我們大家緊張操心。可是，當他聽到我生病的消息，還是和傳道娘特地從台北南下屏東來醫院看我，這樣的情分讓我在見到他們時嚎啕大哭，盡情發洩。因為怕打擾我，所以早早離開，但是答應我治療告一段落時，一定會再來看我。果然，他偕傳道娘再次南下，這回我請他們到山地門半山腰看夜景談心情，好好的一敘。

洪傳道對我信仰的影響當然不在話下，他對我從事教育工作也有極深的影響，這是他自己都不清楚的部分呢！當初他才從神學院畢業，沒有很流利的口才，卻不斷的散發著他熱誠奉獻的心志，我從側面得知他把駐牧教會的信徒，包括當時就讀的學生劃分成幾個區域，然後每天在禱告中分區為每一個人禱告，我就是當時的受益者。後來，當我成為一位教師時，我也是每天從座號一的學生開始禱告，直到四十九號，這樣的經驗讓我覺得美好，在感覺上與學生更為親密。

當我們談到現在社會現象與感情婚姻輔導時，我深深感覺兩性的差異在我們中間，外子與傳道娘風度相當好，都在旁邊微笑聽著我們的辯論。在辯論中，我常常聽洪傳道以一句台語說：「好了好了，輸你一塊錢」，卻不知其中深意。他說

：「意思就是再辯論下去，也沒有結果，那麼我認輸，輸你一塊錢，但是你卻有可能糊塗一輩子喔！」他這話讓我想起希臘哲學家蘇格拉底的故事：

蘇格拉底的太太非常凶悍。有一次，她大發脾氣，把蘇格拉底大罵一頓後，還餘怒未息，於是就提了一大桶水，澆在蘇格拉底頭上。蘇格拉底究竟不愧是大哲學家，涵養功夫特別到家，他非但不生氣，反而搔了搔淋濕的頭髮，笑道：「雷聲以後必有大雨，這是自然法則，也證明這是眞理。」

蘇格拉底的婚姻生活過得不很幸福。可是他卻能從自己的不幸中取得一個幽默的結論：「不管怎麼樣，還是要結婚。如果娶到一位好太太，那麼你很幸福；如果你娶到一位壞太太，你會變成一個哲學家。」

其實有時辯論真是贏了面子，輸了裡子的事。只是，好像不把話說清楚，還真是不舒服，總覺得要讓別人清清楚楚才好。其實呢？有時候是立場角度不同，倒也不一定是對錯的問題！不過，今天我也學會了，下一次我應該適時的回答：「輸你一塊錢喔！」至於對方是不是糊塗一輩子，其實也沒那麼重要吧！

要想找到邏輯，就要跳出「習慣上的桎梏」，避開「思路上的陷阱」，逃離「認知上的迷霧」，擺脫「性情上的執著」。《無名氏》

讓我們一起微笑吧！

【92.06.08】

對於「營養比修養好」的我而言，之所以營養得到充分吸收的主要原因，恐怕就是我無藥可救的幽默了吧！

我的幽默來自遺傳。記憶中的父親很遠也很近，因為我們相差五十六歲！父親學化工，卻是熱愛文學；做事嚴謹，卻也談笑風生。他常常被邀請在婚禮上講話，滿堂彩的畫面我仍印象深刻；在家中，他對我們也是幽幽默默的。媽媽的菜煮淡了，他會說：今天的的鹽漲價了喔？如果他要我去為他倒煙灰缸裡的煙蒂，他會說：聽說常坐在椅子上不健康喔，你是不是該起來運動一下呢？我的生活態度想必受他影響極深。

據說工程師死後走錯地方，到了地獄報到。雖然他覺得不太對勁，他還是乖乖地留在地獄。

在地獄住了幾天之後，他覺得地獄的溫度太熱，住起來相當不舒服，於是動手設計了一套空調系統，使得地獄不再水深火熱了。

過了一陣子，他又覺得地獄的運輸系統不方便，所以又設計了一套捷運系統。

然後他又覺得地獄生活太無聊，於是又設計了電視和Internet。
爲了要向上帝誇耀地獄的進步，撒旦用最先進的影像電話打電話到天國。
上帝接起電話，看到撒旦之後說：「你的氣色看起來好極了，到底怎麼回事？」
撒旦說：「我們這裡最近收了一個工程師，他把我們這裡改進得比天國還舒服呢！」
上帝說：「不對呀！工程師都應該上天堂的，你們一定在手續上動了手腳。我勸你最好趕快把他送過來，不然我要找律師告你！」
撒旦聽了，忽然大笑不已。
上帝很納悶，問撒旦：「你在笑什麼？」
撒旦好不容易才停止大笑，說：「你以爲律師都在哪裡？」

我們本身是一塊磁鐵，如果我們是一塊快樂的磁鐵，對這個世界充滿善意，那麼被我們吸引的自然都是美好的事。讓我們一起微笑吧！讓我們一起彼此吸引！一起擁有上天堂的資格吧！

能夠把同伴逗笑的人，就有資格上天堂！《穆罕默德》

放心去飛！

【92。06。17】

由於國中畢業典禮都在同一天，夥伴們分別與會，而我奉派到南榮國中參加畢業典禮。不知道是自己心情使然，還是這一場畢業典禮的感動，離開後，我坐在車子裏大哭，然後擦擦眼淚，告訴自己，我也畢業了，從去年八月八日至今，表面上雖然愉悅，但是心裡頭仍然不免波濤洶湧，常常有「眼淚在黑夜流盡，笑容在白天燦爛」的感慨！人與心似乎是被切割著，我亢奮卻也沒有安全感，我樂觀卻又隱藏著孤單，今天的一場畢業典禮，我也為自己這些日子以來的功課做一個總結，我畢業了！也許沒有人發畢業證書給我，但是我知道我真的畢業了。

南榮國中是一般私中，民國五十七年時由政府徵召為代用國中，近年來仍為政府補助人事辦公費，是一所公民合營式的國中校園，收費比照一般國中，而教師福利與待遇亦同。該校義工白醫生坐在我旁邊，他說因為感動於校長的認真辦學所以自費到校為每一位學生義診看牙；整個典禮十分流暢，期間，我們也看了看南榮青年這本刊物，對於南榮文學獎的作品中學生的文采也十分驚奇，白醫師感慨特別翻給我看一段：

我們能夠此生相遇眞是不知修行了幾百幾千年，只是此刻我想望不可的，卻是與你手牽手，享受小小的幸福。爲你，我竟忘懷了生生世世墜入輪迴的恐懼，我原是那樣害怕死亡，失去感覺的人，在愛情的面前，我是盲目的，難怪逃不出輪迴，只是我們的愛沒有輪迴，不曾重生。

這樣的句子即使學生難免有為賦新詞強說愁的心情，但是能夠寫出也的確不簡單！

從小細節可以看出她們的用心，整個典禮是鋼琴與小提琴合奏，麥可風上別著花；給客人的杯水，吸管是以膠帶輕輕的粘著；學生們走路行禮的氣質，看得出來不是一朝一夕培養的。從典禮的安排也可以看出這個學校的向心力，獎項中除了家長會長獎還有自掏腰包的副會長獎和兩位退休訓導主任的獎學金，其中特殊才藝獎中還有縫紉美工舞蹈音樂等，所有領獎人次更高達三百人，感覺真是落實多元而適性的教育，此外，並且頒發義工獎狀，給對學校有功人士，讓參與的義工能體會學校的感激，這也是一種情境教育，讓學生了解回饋的意義。

當畢業班老師一字排開，唱著「牽手」時，我的眼框已經紅了，那是一份怎樣的心情啊！我揣摩著這些老師是不是與我相同？在每一次離別時的不捨與心疼！

「因著愛你的愛，因著夢你的夢，所以悲傷著你的悲傷，幸福著你的幸福。

因爲路過你的路，因爲苦過你的苦，所以快樂著你的快樂，追逐著你的追逐。
因爲誓言不敢聽，因爲承諾不敢信，所以放心著你的沉默，去說服明天的命運。
沒有風雨躲得過，沒有坎坷不必所以安心的牽你的手，不去想該不該回頭。
也許牽了手的手，前生不一定好走；也許有了伴的路，今生還要更忙碌。
所以牽了手的手，來生還要一起走，所以有了伴的路，沒有歲月可回頭。」

這歌詞裏，有著多少過去的回憶與情感，有著多少未來的期許與接受？不知道是老師們唱得好，還是歌聲感動著我，我已經止不住我的淚水。對於教育工作，我一直是熱愛著，更是期許有著夥伴們一起努力，我看著這些畢業班老師的背影，想起一段對話：

小孩子問：「媽媽，親生和收養有什麼不一樣？」

「親生的孩子是長在肚子裏，收養的孩子是長在心坎裏。」媽媽說。

這些即將畢業親愛的孩子，不也是長在老師心坎裡的孩子嗎？

如果孩子想小草，老師就像溫暖的陽光，如果孩子像風鈴，老師就像和煦的春風啊！學生們也合唱了一首「放心去飛」，我看到了有些學生擦拭著淚水，這首歌詞也甚美，唱出來的，不只是對過去歲月的感謝，也有著承諾。

「終於還是走到這一天，要奔向各自的世界，沒人能取代，記憶中的你，和那段青春歲月，一路我們曾攜手並肩，用汗和淚水寫下永遠，拿歡笑榮耀換一句誓言，夜夜在夢裏相約，放心去飛，勇敢去追，追一切我們未完成的夢，放心去飛，勇敢的揮別，說好了這一次不掉眼淚」

唱到「說好了這一次不掉眼淚」，我又止不住淚水，至今才知道自己多麼脆弱，累積的情緒在這樣歌聲的帶動下，一瀉千里。很清楚自己這一路走來也一直在進退中徘徊，夢想不曾忘記，腳步不曾停歇，對生命的熱愛依舊，對學生的使命不變，但是怎麼走下去呢？如何勇敢去飛呢？我還是株向日葵，釘在地上，不得動彈，只能遠遠的像著太陽！我還有多少淚？我還有多少愛？

其實真正讓我的眼淚一發不可收拾，是在校長致詞的部分。陳校長把致詞放在行謝師禮之後，白醫生轉頭問我：「你看過畢業典禮校長會哭的嗎？看得出她的用心多深！這也是我願意來當義工的原因。」不流眼淚的畢業典禮，固然不能全然代表情感不夠，但是流著眼淚，哽咽叮嚀的情景，卻一定是濃濃情意，點滴在心。校長的致詞雖然仍不脫祝福畢業生、感謝導師、與學人士與對未來的期許，但用字之溫馨仍令我感動不已。

最令我訝異的是，陳校長請了牧師來為全體師生及來賓祝禱。我是基督徒，但是這一次我沒有闔上眼睛，我耳朵聽著劉牧師的叮嚀祝福，眼睛環顧四週，看著大家肅穆安靜，不管是不是信徒（可能絕大部分不是），那種對上天的敬虔，對祝福的珍惜，在在顯露在表情上，當牧師說「阿們」時，一起說的聲音此起彼落，聽得出來有人是有些戲謔，「阿們」的意思是我實實在在的這樣禱告，願神成全，我相信這些人也同樣會得到祝福。

離開會場，我坐在駕駛座上大哭一場，不識相的音樂又來擾亂心情，播放著那一首我也愛聽的「感恩的心」，今年畢業生代表致詞，我也安排她唱了副歌幾句，真的，回首這十個月，除了感恩的心，不敢有一絲一毫的怨言：

「我來自偶然，像一顆塵土，有誰看出我的脆弱？我來自何方，我情歸何處，誰在下一刻呼喚我？天地雖寬，這條路卻難走，我看遍這人間坎坷辛苦！我還有多少愛？我還有多少淚？讓蒼天知道，我不認輸！感恩的心，感謝有你，伴我一生，讓我有勇氣做我自己；感恩的心，感謝命運，花開花落我一樣會珍惜」

返回屏東途中，我把車子開到銀樓，今天要為自己買一份畢業禮物，我的畢業典禮沒有見證人與來賓，但是我要頒獎給自己！我買了造型是：「金色的花，下面有顆心型水晶」，這是我第一次為自己買禮物，我覺得滿意極了，金代表永恆，花代表美麗，心型水晶代表不變的愛，整個說來就是：「因為有著不變的愛，才會開出永恆美麗的花朵。」唉！真佩服這一人的畢業典禮與頒獎儀式，多麼有意義啊！

心裡有了定見，感覺上突然輕鬆了起來，這是生病以來沒有的輕鬆。我知道我畢業了，我不會忘記我的承諾，我要「放心去飛，勇敢去追，追一切我們未完成的夢，放心去飛，勇敢的揮別，說好了這一次不掉眼淚！」

晚上跟朋友分享畢業心情，她說，什麼畢業！你沒聽說畢業是另一個開始嗎？也許吧！無論是畢業結業或是另一個開始，我都感謝這一路陪伴我的人，願你們給我的愛與關懷，有加倍的祝福在你們身上！

經驗是最好的老師，只是學費太貴。《克萊爾》

給畢業生11個人生建議

【92。06。18】

記得曾經在一篇文章上看到，比爾蓋茲在一個畢業典禮上給了畢業生十一個人生的建議，滿值得再讀讀再想想呢！在我自己的畢業典禮，就當來賓是比爾蓋茲的祝詞吧！

1．人生是不公平的，習慣去接受它吧！這個世界不會在乎你的自尊，這個世界期望你先做出成績，再去強調自己的感受。

2．你不會一離開學校就有百萬年薪，你不會馬上就是擁有行動電話的副總裁，二者你都必須靠努力賺來。

3．如果你覺得你的老師很兇，等你有了老闆就知道了，老闆是沒有工作任期保障的。

4．在速食店煎漢堡並不是作賤自己，你的祖父母對煎漢堡有完全不同的定義：機會。

5．如果你一事無成，不是你父母的錯，所以不要只會對自己犯的錯發牢騷，從錯誤中去學習。

6．在你出生前，你的父母並不像現在這般無趣，他們變成這樣是因為忙著付你的開銷，洗你的衣服，聽你吹噓自己有多了不起。所以在你拯救被父母這代人破壞的熱帶雨林前，先整理一下自己的房間吧！

7．在學校裡可能有贏家和輸家，在人生中卻還言之過早。學校可能會不斷給你機會找到正確答案，眞實人生中卻完全不是這麼回事。

8．人生不是學期制，人生沒有寒暑假，沒有哪個雇主有興趣協助你找尋自我，請用自己的空暇做這件事吧！

9．電視上演得並不是眞實的人生。眞實人生中每個人都要離開咖啡廳去上班。

10．對書呆子好一點，你未來很可能就為其中一個工作。

11．嗯！世界沒有我們想像那麼好，卻也沒有我們所認為的那麼糟！

天助自助者！機會只為準備好的人出現，但是努力不一定成功，不努力一定不成功，贏家和輸家，不到最後關頭是很說得準的，所以囉，過好每一個現在，每一分鐘，其實就是美好人生了！

結語
這一路走來

這些日子，許多人鼓勵我再去考校長。謝謝了！我想我不會再那麼衝動了！有過這樣一次的經驗，我懂了，我也慶幸這是很美的經驗，我也清楚自己該怎麼走了！

不過，在本書的最後，我想放上當初繳交資料中的一部份，這是我的心情我的路。

在我們的那個時代，很少人談生涯規劃，我無父親的教導，生活都已清貧，更遑論生涯規劃了。加以高中時代悲觀放縱，還是拒絕聯考小子的崇拜者，認定人生的灰暗，如野鴿子的黃昏，對於未來自然更是沒有什麼期待。然而，這一路風風雨雨走來，雖然坎坷卻也奠定了從事教育的利基，我能夠無愧的說，從事教育工作廿年，我沒有喪失我的溫度，我持續著對教育工作的熱情。

少年喪父的不知所措，造成了懵懂癡狂的青少年；尋找自我的大學生活，虛擲了不少時光。大學考上了淡江西班牙文系，學得很有興趣，寡母認為學了西班牙文可能會離開她，遠赴異鄉。於是鼓勵愛好寫作的我轉中文系，我聽從了她的話，卻在訓詁聲韻中煎熬。雖然如此，大學時代對於我的信仰、價值觀的建立仍有極大影響。

大學畢業旋即踏入婚姻，像許多女孩一樣，還搞不清楚婚姻是什麼東西的時候，就一頭栽進婚姻裡，大學畢業在廣告公司待了一陣子，就結婚了。婚後還天真的以為「從此過著幸福美滿的日子」，結果卻發現婚姻是「琴棋書畫詩酒花，當年樣樣不離它；如今開門七件事，柴米油鹽醬醋茶」。話雖如此，因著另一半的牽引卻真正在婚姻中成長、成熟，在柴米油鹽醬醋茶裡學習、也在婚姻生活中成熟。

婚後求職，一路走來遭受一些較不公平的對待，心中卻是充滿感謝。因為無論是挫折或者高峰經驗，都使我在輔導工作上更顯豐富。從廣告公司企劃到電子公司生產管制員到雜誌社編輯採訪；從公司祕書到汽車公司專業編輯採訪；從私立樹人醫校教師、訓育組長到屏東高工教師、祕書、輔導教師，每一個工作都是經過「看報紙」、「求職」、「應徵」、「考試」等階段；每一個工作之後，都覺得自己的生命力更強。

從在私立學校服務起，我每年申請輔導研究所四十學分班，許多人笑我年資太淺，勸我找一個比較容易錄取的科系，或者積分較高的本科系，以便早些拿到晉級獎金，我絲毫不為所動，因為我已經知道我要的是什麼。幾年後，終於我以備取身分遞補彰化師大輔導研究所，完成了我的學習目標。這本來只是為了自己的學習，卻沒想到後來有機會成為輔導教師，無心插柳地使我找到了屬於自己的園地。

一直關心成人教育，幾年前開始研究中年危機，卻是發現人的無可奈何。同時也在回首過往，檢視自己中，發現了自己的幸運，心中充滿感謝。因為無論在哪一個階段，遇到的都是貴人。希望有機會在自己時間允許、能力所及時，還能學習，還能付出。於是，閒暇參與一些活動，除了在校發起學校同心圓讀書會外，其他諸如：勞委會勞工教育講員，支援各種工會教育活動；擔任入監服務講員，為即將出獄的人作些心理建設；支援屏東生命線，擔任部份課程講員工作；支援衛生所做親職相關講座；擔任就業服務站校園巡迴講員；於每年畢業前夕至高職校園作就業輔導；並曾擔任救國團原住民青年營輔導員；也因為信仰的關係，平日更是擔任青少年、未婚青年、夫婦團契、老人團契、原住民同靈的生活輔導講員。

回首過往，似乎沒有具體的生涯規劃，卻是一步一腳印，努力向前行，自己的興趣也正逐漸浮現。加以參與教會各年齡的輔導工作，參與社會工作，在工作中學習付出，也在工作中獲得成長，以為活不過二十歲的我，如今已是中年女子了。而中年在生計彩虹圖中正是再學習的階段，我也不例外。因為這樣的參與，強烈的感覺自己的不足，希望能夠加強自己的理論基礎，所以，對於全人教育的成教所，心所嚮之。

理論需要實務証明，但是更重要的是，實務需要理論來強化。越是投入社會服務工作，越是發現自己的缺乏；越是發現自己的不足，越是需要學理的教導與印證。民國八十九年就進入高雄師大研究所就讀。

一九九六年聯合國教科文組織(UNESCO)所出版的「學習：內在的財富」(Learning：Treasure Within)一書中，明確地指出：「終身教育概念是人類進入二十一世紀的一把鑰匙」、「終身教育將居於未來社會的中心位置」。就讀研究所期間，只要不停止學習與熱誠，我發現人雖越老卻是可以活得越好。這三年，檢視了我的過往，我有了前所未有豐富之旅，成教所三年也是我人生極大轉捩點。

一直提醒自己，當一位老師切勿「以『過去』的知識，教『現在』的學生，成為『未來』的公民」，正因為如此，我必須不斷努力充實自己，而成人教育就是自我充實的方式之一，但是這是不夠的，我知道，學習如果不予付出結合，無法檢視，我一方面教書，一方面也寫作，我更願意接受另一個挑戰，也就是報考校長。

考校長的念頭來得急，五月念頭才起，六月報名，七月考試，無論八月能不能就任新職，但在這樣的過程中，我已有了許多的學習，這樣的歷程是美好的，也是一生中難得的經驗。筆試的最後，我寫到：「韓國紅魔鬼啦啦隊令人激賞與心動，教育界的啦啦隊在哪裡呢？」

在教育與輔導工作上，我一直是學生的啦啦隊，假如我有幸轉換生涯跑道，因著我的實務經驗與研究心得，我願意成為我校教師們的啦啦隊，一起為教育園地而努力。我也許無法做得完全，但是我是盡心盡力，在不確定的年代裡，我正在做我確定的事。

【附註】

我沒考上校長。我還是我。
我仍是啦啦隊員，為教育界這許多人喝采歡呼與加油。
在不確定的年代裡，我正在做我確定的事。

跋

佔老婆的缺做情人

中鋼保全副總經理　吳國源

瑩華曾經寫過一篇文章叫做「佔老婆的缺做情人」，我就借用一下！

她常說不是好老婆，因為論烹飪，她確實不擅長；論家務，恐怕也是不入流。但什麼才是好老婆呢？烹飪，可以學習可以外食；家務，可以降低標準也可以請人代勞；不喜理財，不會算數，更沒關係，經濟大權交給我就是了；可是就當一個妻子而言，像她這樣，也許不完美，但適合我！我曾在她的「麻辣四十」一書的「跋」形容她：

「和她生活有不少樂趣。最重要的是當我在外工作疲憊不堪，或受到委屈時，她會像解語花般，給我溫柔慰藉，或適時建議」。

她也真做到「佔老婆的缺做情人」，因為她是個還不錯的情人！很感性，也很浪漫，所以常常做一些讓我覺得不可思議，但是很感動的事。

她很體貼也容易快樂滿足，雖然她從來不知道自己薪水多少，向我領零用錢，但是用在我身上的，不管是時間或金錢都很捨得，甚至我覺得她花了冤枉錢，她還覺得很值得。

好友麗美曾經懷疑的說：「理智的國源，浪漫的瑩華，怎麼會成就如此這般的婚姻？」

不過，不要懷疑，我冷靜的腦在她的薰陶下已經逐漸溫暖起來了！

這次她生病，也正逢我中年轉業，心疼她的苦難，然而她的體諒，讓我能夠無後顧之憂；她的勇敢，讓我看到她溫柔以外的堅持與堅強；我知道在她開朗的笑聲裡，仍有著小女人的嬌柔與需求，但是她知道拙於言詞的我，有著真心真情的相伴。

衷心感謝所有在這段時間陪伴我們走過的朋友們！因著您們，讓我們能夠平安度過這一次的考驗。

這本「向生命撒撒嬌」，是瑩華繼「溫柔對話（一）」、「溫柔對話（二）」、「麻辣四十」、「生涯規劃」以及「剩餅餘魚」之後的第六本書，是她生活的心情紀錄，也是她這次生死關頭走一圈回來的深刻體驗。

她的字向來龍飛鳳舞，有著男人的豪爽，所以我們像哥兒們相知相惜；她的洞悉力挺強，有著女人的細膩，所以我想我逃不出她的法眼；她的文章像白開水，很少有艱澀難懂的字詞，但是相信看過的人都會心有戚戚的感覺。

我們很有話聊，經常聊到不行，也時常在我一句：「趕快就寢，明天還要上班」後，掃興結束。

瑩華常開玩笑說：「人家是琴瑟合鳴，我們是禽獸合鳴」，我不擅文字，但我願意提筆寫跋，這次生病，她說她要向生命撒撒嬌，但是我要跟她說：要多照顧自己，因為我也喜歡她向我撒撒嬌呢！

寶貝，加油！抗癌之路，有神的恩典，朋友的代禱祈求與陪伴，還要走，還有我！

國家圖書館出版品預行編目資料

向生命撒撒嬌／陸瑩華著‧--第一版.
--臺北市：文經社，2003（民92）
面；　　公分.--（文經文庫；199）
ISBN 957-663-391-5（平裝）

855　　　　　　　　92012823

文經社

文經文庫 199
向生命撒撒嬌

著 作 人—陸瑩華
發 行 人—趙元美
社　　長—吳榮斌
主　　編—管仁健
美術設計—陳俊宏
出 版 者—文經出版社有限公司
登 記 證—新聞局局版台業字第2424號
＜總社‧編輯部＞：
地　　址—104 台北市建國北路二段66號11樓之一（文經大樓）
電　　話—（02）2517-6688（代表號）
傳　　真—（02）2515-3368
E-mail—cosmax66@m4.is.net.tw
＜業務部＞：
地　　址—241 台北縣三重市光復路一段61巷27號11樓A（鴻運大樓）
電　　話—（02）2278-3158‧2278-2563
傳　　真—（02）2278-3168
E-mail—cosmax27@ms76.hinet.net
郵撥帳號—05088806文經出版社有限公司
印 刷 所—松霖彩色印刷事業有限公司
法律顧問—鄭玉燦律師　（02）2321-7330
發 行 日—2003年 8 月第一版 第 1 刷
　　　　　2003年 11 月　　　 第 5 刷

定價／新台幣 200 元　　Printed in Taiwan

文經社

文經社

文經社

文經社